十七歲之海

舞鶴

舞鶴作品集　3

十七歲之海

作者　舞鶴
責任編輯　林秀梅
美術設計　黃瑪琍

發行人　涂玉雲
出版　麥田出版
台北市信義路二段 213 號 11 樓
電話：886-2-23517776　傳真：886-2-23519179
發行　城邦文化事業股份有限公司
台北市愛國東路 100 號 1 樓
電話：886-2-23965698　傳真：886-2-23570954
網址：www.cite.com.tw
e-mail: service@cite.com.tw
郵撥帳號：18966004
香港發行所　城邦（香港）出版集團有限公司
香港北角英皇道 310 號雲華大廈 4/F ，504室
電話：2508-6231　傳真：2578-9337
馬新發行所　城邦（馬新）出版集團有限公司
Cite(M)Sdn. Bhd.(458372 U)
11, Jalan 30D/146, Desa Tasik, Sungai Besi,
57000 Kuala Lumpur, Malaysia.
電話：603-90563833　傳真：603-90562833
e-mail: citekl@cite.com.tw
印刷　凌晨企業有限公司
初版一刷　2002 年 8 月 1 日

ISBN 986-7895-57-6
售價：260 元 Printed in Taiwan

目次

十七歲之海

十七歲之海

情人騎著特大號野狼飆過無盡纏綿的沙灘，午夜時分歇在妳窗口斜對過亂岩堆。夜光下，黑皮衣褲黑皮靴情人像來自不知何始不知何處的騎士，等待波濤自妳小腹深處的潮騷淹沒。

潮水自妳大腿縫挑高到天竿，披吊而下濕黏稠發藍紫光譜的白帶魚：野狼在魚嚙中聳腫到螢幕上讓我們見到的衝鋒烏茲那樣的規格。那年妳剛滿十七，情人兵役後幾年自殺戮商場潰退下來。

不久前，每天妳通車到都市專科學會計。某日朝會唱國歌時，一個太保名學生歪著屁股踱到妳胸前，雙手掌住妳奶子，就著「矢勤矢勇，必信必忠」的節奏，當場為妳實施「處奶震撼教育」，周遭大小官員師生繼續動不動著嘴皮直到「貫徹始終」。沒有人理會妳哭著逃離都市，當海的藍綠洗淨廢氣漣漣的淚眼時，妳身後遠近而來噗——的飆聲。

暮光青灰中，妳躺在野狼身上。野狼用的是貓咪舌尖，像一支初生嫩的芒梗溫柔的進入，隨後芒柔陡變成鐵成鋼時，妳已上下野狼不得：源源自妳喉洞胸腔的潮吠被無盡的海潮音吸納了去。

有一夜，妳剛自狼身痿癱下來，情狼拔起濕漉漉的烏茲衝鋒，交到妳胸前，妳攏緊雙肘奶住。情人的眼神狠狠射入妳瞳孔深處，別開臉去凝望妳家別墅的燈光。

妳知曉中風的爹就站在虛掩的門後，裹屍布一般的睡袍帶子一端繫著保險櫃的開把。穿透門板，妳清楚見到爹的眼中除了責妳不孝不恥外，不可能讓做什麼別的，妳舉起肉烏開了一鎗，門板後有一頭動物被獵中倒地的無言——同時自妳身後車庫樓梯間上來一身窄繃著肉豔的金錢豹娘，你翻轉鎗眼不對準就著小腹射了幾鎗，妳不確定但可以確定那小肚腩肉蔭自多年前的午後被幾多男人射過。

肉滋夾在屁股溝，拖著光腳走回沙灘：妳是史前別著尾巴的女人。情人費了好大力氣拽尾巴下來，用力甩向大海，喉嚨發出一種天地難得結合的同時開始裂迸的嗥嘶；這嘶嗥，導引妳陡然驚崩的淫水上升盈了妳滿眶的淚。

情人發動野狼，飆向遠方的夜。當牠突然轉向夜海的瞬間，猛踩剎車，妳像肉棉球一樣滾落沙灘。妳趴倒灘上，越過無數的細砂和波沫，注目野狼恍惚幻化成野鯊上下在波光漣漪中，逐漸消失在妳波心內底。

妳承認殺了爹娘。刑警帶來玩具烏茲，要妳操著演練幾回錄影存證；檢察官打開保險櫃，只見一堆泛黃的相片。三芝到老梅的庄腳人公認妳是「乖俏的有氣質的」富家女孩，從沒有見妳坐過什麼阿飛飆車之類。法醫檢驗出來是一種精子彈頭，——但這世界不存在可以殺人的精子做的彈頭。法官判妳入精神病院感化治療，「直到自己判定自己可以回到正常社會。」

妳俯著眼簾緊攏膝頭坐在我的對面，妳感覺不到我是那曾經濡入妳內裏攪弄這那的從前。妳在精神院住了十七年，直到妳告訴自己「夠了」，妳回到海邊別墅自閉自己；每週三，妳乘長長的公車到醫院拿回一星期的精神安慰劑丸。妳當然感覺不出我，妳漠著風霜的眼睛凝盯著海灘上那永遠十七歲的少女。我回商場練了多年軟骨功潛水術，如今回來尋找失落的那隻狼，「——是野狼殺了妳的爹娘——但這已無關緊要——要緊的是尋到那隻狼——」今晚讓我跟妳回去，讓我潛縮在妳大腿肉縫間，直到尋回原屬我生命的那隻狼。

俗世

你見屠夫躍入清晨霧濛的窗口，一把剛鍘過豬體的尖刀，刺入慌忙披上花襯衫的男人的後頸，那刀拔出來時血噴向天花板發出廢水潑在土埕的悶聲同時那血淋淋尋向你娘的小肚，半途中你發覺那刀微挫了一下，似乎在尋找更貼切的入口，你娘縮入床尾背肌緊黏著磚壁，看不清娘臉上的表情只感覺有什麼在娘的頰腮跳顫著，當下，你嗅到發自你娘雙腿間的草魚腥正親密的吮著那後頸射的血氣味，肩貼肩股勾股一般，屠夫想一刀斬斷那股間的糾結但找不到絲毫隙縫，你娘禁不止的尖嘶聲容不得那刀的猶豫再猶豫，它呆直的刺戳娘的草魚窪，沒壞了娘的美麗臍孔。——現世實際是，你娘結了新歡躍馬恣肆到天亮強要花襯衫騎鐵馬載她在前桿向屠夫攤前示威，想必你娘也料到那把屠刀會勃挺著衝出來，她從鐵馬前桿跌落，百景裙掀在小肚上，早市的苦命男女都見到那內裏沒穿小袴，當屠刀沾著豬血滑入那草魚窪的嫩白時，舉頭三尺有神明都同聲嘆了一口「壞了什麼寶貝」的惋惜之氣，那屠夫直眼瞪著嫩草窪沒有察覺花襯衫的頸血淹沒了他的腳趾頭，直到有人提醒他要緊屠刀順便抹了自己頸子……。自那清晨，你患了一種「軟腳筋症」，只能三四步且要拖著走，你拖著自己釘死門窗，市場賣素食的婦人替你辦了國一永遠休學手續，還供應你兩餐素食自某個老鼠洞塞入來，終年你躺在草魚腥香的床上，床上頭留有個天窗，日月星辰同樣患了腳筋軟的毛病。十八歲那年仲夏，為了兵役問題，「政府」強制破了門，你看見屠夫手勾搭著花襯衫的肩有說有笑著入來，背後跟著你娘俯著眼簾走在白濛光中，你瞪大眼瞳凝視著那片白濛，恍惚官方下了結論「瞎了眼的，這人！」

日常

她正喝著枸杞虱目魚湯，一面看電視俏皮卡通時，某個「獨盟」的祕友電話要緊洩露給她：對岸的艦隊已在黃昏後出動，預計午夜前悄悄封鎖整個島，同時配合這封鎖，島內的逮捕潮將自午夜時分一波波湧到黎明。

祕友要她只攜帶隨身牙刷紙尿褲小行囊，趁夜色剛下溜出都市，走南橫或什麼小路到後山，選山腳下隨便什麼精舍——一定要精舍小的避開大肚佛寺，委屈幾天或幾星期，等到他飛鴿傳信通知她一切都過去的時候。而他作為「盟」的大男人，必要作「形式」的抵抗至少，至少一篇告國際人類書是免不得的，當然要寫成鄭重宣言的形式，也許可能需要他出席關鍵性的談判會，說不定他的發言就扭轉整顆島子的命運，等等。

她請他無論如何在暴風雨之前過來喝一碗枸杞湯，可以明眼可以直視「談判者」的瞳內讓對方在千年枸杞眼神中萎縮，那談判就可能早點結束，她希望他宵夜過來吃蓮心湯清心肝。祕友說她是僅存的「當代閨秀」不懂諸多社會祕密行規，在「大談判」之前，還有無數「小談判」要事先談判，好像地點都在不同的俱樂部地下室或飯店的頂樓似乎有個地方臨時規劃在土雞城，因為分屬不同的派系山頭誰也不願在這「危險時刻」遠離地盤，目今他好比世紀末「治水大魚」，要河清見艦結綵歡迎或混水各自摸魚或放幾鎗空氣鎗以表達「抵抗」的意思到了，都虧再來幾個時刻他那不爛之舌三寸。「豈止三寸，」她嬌笑說，「不爛倒是真的。有空，今晚就抽空把你燉到爛——。」

她半信疑不疑，打電話給另幾位要緊朋友，都電話不通。可能全市占線都在彼此傳遞這個「日常話題」，也有可能線路全被對岸發射一種什麼光給斷線了。最後，她試著打給她娘內山鄉下，娘說新熬了一鍋燒蹄，是黑毛豬的，她老爸連吃三大塊帶皮肥肉現在正在配茶，娘要她馬上回來幫吃些涼了肉老了，可惜，保證補她臨三十歲出頭的筋骨，筋骨活絡了就不怕枯了汩汩流的淫水。

她想最近颱風過境，溪流水湍，水庫也都告滿了，她自家的水也旺了許多，黑肉豬就非必要，倒是等待祕友來印證「春水盈盈」比較實在，也可堪告慰她爹娘不用娘老大擔心她黑乾瘦。她吃了兩個枸杞魚頭，看過傻瓜猜謎笑鬧，電視新聞前一則唯美廣告：新開發一種超薄型的棉片，薄到最敏感纖細的少女心靈也察覺不到它的存在。

頭條新聞：上萬人在晨曦的國家紀念堂合唱國家歌，升過國家旗後，上萬隻腳啟動為團結自強、國運昌隆而跑。隨後是幾則國家領導班子的假日休閒活動：有人下鄉參觀養雞場，有人慰問慈濟院，有人清蒸爬山有人照打紅燒高爾夫不誤，當然有人參禪或睏小老婆是螢光幕後的事了。她再吃了兩個魚頭配國際電視新聞，並沒有哪個不友善國家「出艦」威嚇哪個國家的潮水的消息，隨後在龍虎大綜藝中慢火燉豬心蓮子湯，那龍虎主持人純台灣味的「色逗」一唱一搭幾度令她小腹慢火不勝自禁成大火快鍋炒。她早早上床，那台灣味的臭青蚵還不適應她淑女派的魚頭。

午夜的潮水，受了萬艦齊發的重量漫漶上她的床尾，她縮彎腳丫子貼近小肚腩。她看見青灰色的褥海上，祕友雙臂吊在一只輕氣球乘夜風出本島，還返頭朝她咧嘴一笑，那笑凝在驚惶的汗水中，像——她幾個翻來覆去，才記起——童年的夜晚，她在庭埕散步時，碰見擋路牛蛙在夜光中的一笑咧嘴，多麼相似親切。她起床喝了半碗蓮子豬心，才安心睡去。

文字

你一生追求名利同時尋求心靈的清明。錢可以買很多東西，可以用它來進入人最隱密的私處。午夜我勃起觸到了星星。會不會你天生是「變態」的種。露濕蘚苔，滑得可以。有一種拍擊聲，是男人的鼠蹊肉打在女人的股溝墘，自遠古傳到現在。她愛吃紫菜壽司，整條的啃，不切片。巧克力情人因緣他有一支巧克力棒。生魚片有精子的腥鮮味，失意的陰唇一樣的軟涼。忘了是誰昨夜電話來罵又求，說他人生下來就不得不一再回歸那來處。烈陽枯枝，這是沒有辦法的事。你被恐嚇的那年冬天，在校園的葉隙間找到慰安之地。他事先不知晚年他黃昏經過的巷道口，一生親炙的花綴在濃蔭間，後來竟是當代強人的暫厝。濃蔭都被徵去做柏油停車場。自從有了柏油路，地球就不再是渾成一氣的地球。好在永遠根植於陰道的陰莖。他回去亂草花園躺在妻的枯骨旁。永遠關不住的，春光。只靜靜微笑著，幽美，坐在雕著太陽與甕的門階。到了妳這年紀，俗氣廢氣習氣腫了肉體，脂粉厚的心靈發著油膩。只靜靜微笑著，幽美。丸子兩顆含在嘴裏像廟前鼓著銅鈴的頑獅子那樣的腮。生命無他事，除了鼓腮。專一鼓腮可以成道。雌雄同體是最可能悟道的形式。即便天人合一即便不假外求即便所有外在的都可以在內在找到：此句的精髓在於「即便」也乎，斯基。午後三時，你散步經過熟食攤，濡入攤後那中年婦人腋底的汗濕。也是：黃巢殺人八百萬為了嗜聞死亡當下腋毛間滲出的汗羶味。特種的。特種兵。特種豬夏克約。特種人寫作家。享受拉屎：成為肛門口筋的那慉縮。果子和尚愛吃洋蔥，夜屁到都市天空都蔥味。夜半醒時夜光光在肚臍無人看見。只有一人。寡婦愛穿黑裳，內褲顏色則不一。禮教規定：花色可以藏在素色之中。她暱愛穿蕾絲網透明中空三角袴，你愛死了那「中空」。每每問：穿黑貓三角袴給誰看去。黑貓也不看，自己喜歡就好：當然不只自己喜歡。黑貓人人怕又愛，就有那樣的黑貓魅力好比五六〇年代戴墨鏡的黑貓男女。毒蜘蛛也愛黑色基調，彩豔幾點不過是點綴。發起狠來哪天我用陰壁肉夾死你。我不怕必要時我化為似水柔情的甘蔗棒，汁多滑溜。從來沒有人這樣寫：真的從來沒有人這樣寫過嗎。普天下獨創者是怪胎。娘生你時就怪胎，頭大出不來熬了三天四夜，怪不得每見這個就疼命命，要死。祈禱：我把陰唇獻給你的唇同時你的唇就是我的陰唇。如是：普天下的唇就是普天下的陰就是普天下的唇。如是。時日總會不管你等不等。等到某日在紅樓後座你啃了一支小陽具才死了你同性戀的慾。也不知為什麼後人多奇寶玉哥哥有過同性戀經驗嗎。當時代同步錄音：黛玉曾讓寶玉入到她的生命深處嗎。那當然了。我有位表哥當兵時口袋還藏著一隻他媽的奶嘴。吵什麼，那當然了：不是寶玉婊黛玉就是黛玉婊寶玉。每個時代都是女男平權的時代，只要你夠深一層的看。清晨，她去上班途中，殺出來個光頭小子，喊：救命呀小姐救命。回到我的子宮裏來麼，乖乖。妳娘的曾孫愛吃乖乖軟糖，你娘恨說：天下還有比軟糖更軟的地方哩呢。射籃不如灌籃爆發力，灌籃虧在不能持久。人生有恨莫如當下不知沉醉在那宇宙最軟的深淵。年少時走在鬧區乳波臀浪的街頭就有一種迷茫上心頭：人生如何過這波浪關頭。外曾祖母一生足不出戶，因緣小腳，她坐著練就一種大腿磨功享受自己「人的一生」。果子和尚會軟骨功，靜子不會小馬子也不會，因說和尚他軟骨只會現在海會塔前，咱的骨功只軟在床塌上。有動有靜動靜一如不知是個啥麼東西，靜子說。你說，有一種大鳥像鷺灰面鷹貓頭天生不知靜為何物，看牠展翼滑行的姿態就知牠心靜如死水，只識得活水中的小魚。勝過有人類軟骨到舔自己的屁股孔人人在學者論壇或綜藝雜燴上見到。那不稀奇果子和尚奇異果一隻兩隻從屁孔入去整隻完好從鼻孔雙出來。隨緣不變特異功能不變隨緣。「永恆」的定義：高潮剎那發自原始的嗥吠，其真聲不過二三秒，隨後是純粹真實的假聲。愛是浮萍，初戀人用意志力植根。愛的苦力最窩心的莫過於洗愛人的髒內袴帶蕾絲的。午夜，下弦月等待斜視我豹咪的眼。狂痛狂歡直到宇宙的末日：這小小的發願也不能如願。我親眼見子宮卵如花的球根。乃希望在有生之年有顆夠大的殺手行星撞擊地球。直伸到底不知婉轉的乃成其為「正義之神」。神女豹變天地都為之發抖：不知此句何義。他用山盟海誓的戒指攪過不記得多少恥毛下體的一生。那戒指陪他下葬，十九年後開棺出來戴在女兒的中指上。愛聽故事的你一定自己編：那戴著父親淫戒的中指捻玩過多少男人的玩物。可惜現實不模倣故事，自開棺瞬間她受驚嚇到陰道全萎縮，之後半生只能禮佛。佛手淫戒。是某種最墮落的生命之悟：所以墮落因為放任自己萎縮。八十歲萎的男根芭樂乾果不如八十歲的女陰還是一朵乾燥花。總有噴水熨斗派上用場的時候，除了靜子燙平三角袴的皺紋每晨上班之前。衣物用來服貼肉體，不是肉體倒貼衣物：靜子的穿衣哲學。永遠學不會，使心力將那溜狗的屎條貼上女主人嚴裝緊繃的墨綠窄裙。永遠學不會，花了多少力氣射精的同時以全生命去逢迎「無漏的本性」。跳上一輛急駛中的火車。永遠學不會，以凝視靜定飛逝的風景。永遠學不會

姊姊

女人帶伊小弟
從腋下望見衫內奶子
二十世紀梨奶油麵包上翹30度的奶尖啄酪果的皮

撫挲幾下會上蹺到45—55度蝸牛的頸肉色櫻桃紅的過去

小弟初次自瀆時想的是姊姊的白麵巧果
任怎樣捻弄的世紀

歲月磨過挲過那奶啄在他眼中由嫩紅漸漸粗栗恰像自己的那
　紫烏濕的
姊夫是軍人自由出賣給老闆國家先生姊姊有恁多個自由的夜
燒烘的夏夜隨處茫逛他習慣斜後半步寬洞的T恤腋下危顫顫著姊姊白膨膨的
從窗縫窺見姊姊把著一根茄子夾到胯間的那晚是他人生的開始嫩皙絲得那樣讓人不忍

多年後他仍不吃白煮茄子蒜炒茄子魚香茄子

軍人月休的當晚姊姊的喉嚨斷續著一絲哼呻被掐緊疼處討饒地
隔著一道紙牆羞熱了
軍人不在的深夜時而聆到一種哼噁像便祕多時屎條破口而出的
在這噁哼中他死命擠搦自己終於嚨洞也崩裂出哼噁噁的
他少年時代的悶聲

他愛極伊那恁短熱袴底的屁股暈
他睨緊那兩片嫩烏晃著晃著

彎月

半月

彎月

夏午慵睡後姊姊的眼暈烏

姊姊憐他的胳臂似自己一樣細秀姊夫嘲他不夠男人
軍人腫起鐵銹色臂球在飯桌他聞到那銹球源源發出一種擦鎗油的
掄著槍托似的那臂球舉轉著姊姊的臂這是軍人在家的唯一把戲軍人離家後的第二天第三
天他還嗅到姊姊的臂源源滲出一種

黑絲網三角袴在風中飄晃

籬旁夾竹桃浮雕在黑絲網內午後雲流過黑絲網的天空

窗縫的靜夜只繃著黑絲網坐在妝鏡前的姊姊不像姊姊像一隻豔鬼的不安

他暗把晾竿上白花的灰膚色的揉棄糞坑黃昏收衫時姊姊自語說一小件的輕被風颳到籬外

塵

只黑絲網在風中窗縫少年的瞳底　飄

晃

老闆加發秋節慰勞金的那日黃昏軍人提了兩大袋回來豬前腳5隻豬後腳3隻豬頭皮3斤

半豬腸子2斤豬小肚12副豬卵巴25個豬心肝各7顆豬舌38塊豬腦袋白灰糊一氣算不清幾粒

人蔘清燉豬腦

五香醬魯心肝舌小肚和卵巴

蔥爆脆腸

粉蒸頭皮
紅燒後腳臘封前腳
夜深十一時才開上飯軍人叼吊著豬腸頻頻問咱的手藝怎樣哩咦嘻不賴吧啊哈再三夾著卵
巴到姊姊碗裏頻頻勸吃囉嫩吃囉　嫩吃囉　嫩
他半睏地啃下半隻後腳就下桌上床姊姊正咂著第8粒半
豬大餐開到隔日凌晨感謝大老闆國家先生後幾頓還是豬大餐他矇矓入睡時恍惚聆到軍人
同腸子混戰的嘎脆嘎脆聲

他把奶罩三角袴擺成個人模騎壓上去
姊姊會漸漸起疑啵晾了整天的內袴黃昏收時觸手還有漬意
他繃起身子姊姊撞見夏午陽光炙在人模　兩秒三秒罷伊轉身走開
後幾日少年騎車在外亂轉擔心姊姊向軍人告狀
似乎沒有
同他說話時姊姊的眼光開始落到別處

他拿廁所用的消毒液涮著軍人可能坐過的椅子凳子一遍二遍三遍隨後洒上花露水

姊姊靜靜看著

㑚你媽哩個屄的哦㑚哩的你媽的軍人操著槍莖胡亂刺著

姊姊踹軍人下床那老饕的軍人之莖兀還打洞著地磚

姊姊陰陰說了一句什麼軍人拔莖衝出對著猶然貼緊窗縫的他喊謝天謝地我王八他媽有軍人小革命嘍哦

姊姊捺著凸甸的小肚伊想吃紅糖甘蔗

他騎車巡了整個城鎮只賣白糖甘蔗的城鎮他扛了一桿白肉紅心的

截了擀麵棍的長兩端漆上桑椹的汁紅

姊姊無力說出口麵棍不夠用他使強力膠黏了一下午的長

姊姊半跨著坐入長午

夜正當寂默血紅染著桑汁流過長長的午後

他驚到哭迸同時聽到自己被桑血滑倒的響聲同時閃入姊姊胯間猶夾著

姊姊摑打他肉肉也抖大的顫跳就在長午脫落的瞬間血合桑的黏汁摀入無盡長的　　他生
命的夜

午休

女人總在三分半內了事，膝腿抖亂躺椅靠手裂崩裂崩的屄啪屄剝啪，她剎時噁出來的黏液全洩在你褲襠。你黑銅滲青的臉苦著一種歪笑，塞給我一元紙鈔的同時你摸著襠扣，「五元賺到，」你伸手強要我聞「偷腥」的氣味，「絲瓜田臭茄子味，」挺著那濕腥，你追，「哇噻專通鼻塞——治各種塞症——」

從蓄水潭跑下學校後眷村，是我一星期僅有激烈運動的機會，我停在老大芋的門坎內時心臟猛跳著巡梭他在黑暗的何處。你逕自走到內裏推開柵窗，一堵學校的後牆磚塊反射入光線老芋赤條條的那大粗的巴雞上下抖挑著光線的粒子。雙手抓緊柵窗嵌，在巴雞巴的口水觸到卡其褲的那刻你迅速褪落褲頭，整條歲月醃漬的烏筋肉殺的衝入屁股片的間中，你張大嘴巴哈著氣，老大芋做掘工的吼到變聲。「——賺到十元，」我替你收了錢，追到門外。

這是每個星期三午休時的「生意」。便當早在第三節下課吃完，12時20分越過校後圍牆，直奔潭旁別墅後儲藏間，若非老芋的巴大雞臨時拔不出來，回到教室還有三五分午覺時間好睡。我曾不經意問，為啥不先辦近事再就遠事。「那女人有經驗和……好女德，」你也不經意答，她預先挑弄自己到「擋不住的地步」，「注意看她一坐到工具頭上即時那濕像瀑布的涮下來。」女人進儲物間時總斜我一眼，啊是了，那是平生我初見滿是濕淋顏色的珠睛，一種即將「使工具壞了自己」的神采。我還問，屁股片夾粗大條肉腸是怎麼回事有啥意思，你低下頭暗著臉不答，「下回，」狠狠蚊哼著，「自己夾著吃吃看。」

那是一桿糖丸兩顆一角，茄汁魚罐三元五角，一尾虱目一元二角的年代。每週十五元，可以付你通勤回到海邊墘家厝的交通費，可以給你娘弟妹的便當費，可以準備你大學的學費成大功立大業的交際公關費。畢業時我們唱著，「世路多歧，人海遼闊，」而後消失了彼此。多年後，我肯定那是極有智慧的女人，懂得確實把握「工具」在她使用之後三分半的前一秒或後一秒精射潮爆，我記得清楚你頂在柵窗吞聲哈氣的模樣，窗前牆後是掠過操場正午的無風。

飆的少年我是

飆的宣誓儀式

我們蛇行上草山，折到斷魂懸崖，眺燈海爛漫。我林達頗有詩意這斷魂人家都魂斷這情天不是嗎。野蛋說人家都這的他都這不稀罕，這斷魂滿地是情人的淚水臭騷水溲，他野蛋直要被薰到翻馬跌落去，林達小的你別呆，今晚兄弟我倆需要義厚雲天不是情天。我細氣糾正野蛋：是薄，不是厚。「你他媽的才薄，」野蛋粗腔糾正林達，「我就愛厚。」摸草徑我們撲向上，更上，直到人生的盡頭宇宙的開端恰恰好是一方並肩兩隻電馬剛剛好的台地，背靠羅漢群山面挑海燈漫爛，野蛋息了電馬歪起狄龍咀角，「就是了這正的。」到底畢竟我們終於發現了自有生民以來從未有人類發現的陸地，為了紀念我們，野蛋為這塊新小陸命名：野達。野　達——我提議改名：達蛋。達　蛋俏得多。野蛋從翹如流，乃就定名：達蛋小陸。背山面海小陸達蛋雙雙我們跨在電馬上，宣誓儀式就此開始

野蛋：我是「飆的」英雄
　　英雄飆的我就是
林達：我是「漂的」鶯雄
　　鶯，雄的漂的我就是
野蛋：我不怕摔。來，誰隻馬敢把我摔摔看
　　我先讓他個歪膏形
林達：我怕摔。但我不怕歪膏形
　　我爸說我天生歪哥到底歪哥
　　既然天生歪哥哪還怕他後天歪膏
野蛋：好個天生歪膏阿林達，來
　　我倆飲精為誓把手為盟

此生此世出同飆入同飆出入一同飆

林達：好個野得讓人摔的蛋，來

我倆飲精為盟把手為誓

此世此生入同漂出同漂入出一同漂

他大氣的掏出小野蛋兩三下弄成就野大的對著月姑娘四五下就有了誓品　我小氣的拽出大林達（野蛋自己忙著還不忘：天生大啊）七八下歪成小達達的對著月姑姑百下還不見誓品（野蛋眼急了：借我的蛋吧哈他的媽的）（我也急：他爸爸的這蛋急死嘍哦他媽媽的）直逼千下苦心不負皇天終於有了那麼一絲絲　誓品交換誓品

野蛋：飲精為誓把手為盟月姑為證　達蛋

林達：飲精為盟把手為誓月娘為證　達蛋

禮成。我們發飆——下山回到都市蟲林

最大的志願

野蛋，目前直到可見的將來，最大的志願是：擺平馬多娜外加楚紅媽。野蛋不時祝願，除非馬子過海自己來不然他野蛋隨時鞭著電馬殺過去。針炙這個，我林達的柔言是：洋馬殺來可不易，阿紅將就也是嘍。「爛——沒志氣的你鳥嘴別貼漆TOUCH我阿紅，」野蛋拏阿紅十挑一選的唯一張楚楚可憐照婊在他電馬的馬把頭：隨時飆——向紅媽去。

林達我最大的志願是乃到總統府前大馬路大大漂一票。「亂小號的志願，」野蛋嗤，「漂屁股給那票綁西裝領帶囚的政字爸股的看嗯？」我說沒尻骨的屁股才隨便給人看林達可是有尻骨的屁股哩嘍那幫政字號的想都甭想我達達小的一生只準備開放給那真正偉的梵谷大哥哥。野蛋同意，飯老哥是夠亂的了，值得兄弟我們為他今生好好開放一下，不過聽說這飯先生也是那種死不入總管牙門的，更別說要他可樂濕CLOSE。「那裏呢憲的警的林的立的一大堆，」我加注，「職是之的故充滿了某一種口水難以形容的挑呀逗啊性的嘛。」「歪的橫的躺的哇八開大腿的，」野蛋性起了，「媽的總之夫不搞他一下下真正枉啦少年頭！」

我們選個月圓夜，全副電馬裝頭罩面包綑胸束腹護襠墊膝綁腿馬靴，從榮譽路飆的我們出馬月光照電光，馬陣龜流千闖萬鑽轉過責任路，廢氣重重中堂堂我們進入國家路緊鄰著就是臊殺異味的領袖路，閉氣噤噤噤著好在皇天不父終於逼近了主義路，林達對眨野蛋一眼眼齊齊我們漂起屁股正當要——條子大龜一隻暗處謀殺戳來

「尻的開紅燈戶的，」野蛋啐。

野戰條子

條子爸哈的厲口野蛋立正站好正當「正」字當頭的那剎爸的他身形斜後同時毛其腿子騰起

「狗狼養的你屁股癢是不是——是不是——」

野蛋烏屍了臉，林達我看見屎條被踢上了胸口幾幾梗到喉口

「你大人屁股哩的癢，」我林達細聲細氣的哦，「屁股自己癢哩的才說人家屁股癢」

快手爸哈於是抄到林達的馬尾就近轉到馬桶間一頭倒栽馬桶內

「香不香——我看你是鼻嘴癢——香不香不香——」

林達他親切到剛剛誰的條子尿疊上黃昏時誰的屎子條，林達我哼

「香不香　我看你是乎鼻嘴癢　香不香不香」

痛的林達被揪翻一八〇度我瞪到天花板上多年屎尿氣蒸的圈圈漬

「——再嘴硬的我就電棒你屁股看——」

「　再嘴硬的呔我就電棒屁股給你看　」

（其實我林達心內是哼：再看我屁股的呔就電棒你嘴硬的）

屁上，爸的拿林的拍拖入一小洞間裸的壁上只開國父親的玉像又父的自命傳人民族救星的玉像又救星的兒子時代偉人的玉像乃至乎偉人的指定接班總統你的玉像，就我瞻仰得出神的翻眼間反手一甩脫了巴哈的魔掌亂髮奔向最近的像人

「總統你大的救救我林達小的呀啊」

巴哈愣了秒半噗撕上來林達我腰一彎歪到偉人的胯下

「偉人將的大大的救救林達我的小小的呀啊啊」

料沒到哈巴的撕了個空目眶斗膨大三眶，明明我看偉大也將不保咕嚕滾到救星的裙下同時果不其然媽咪條子現在洞口星眼眯矑著，終於　　哈巴巴看在同沾星裙的雨露下齒切齒地說：

「別再野蛋我就饒了你不然——」

「　　別再野阿蛋我就饒了你不然」我沒吭聲念在嘴內。

（其實我林阿達是這麼警告他爸爸的：別再——我野蛋就饒了你不然　　）

（（再其實：此之一個「——」是屬某一種奇情動作之一種象徵符號。林達注。））

到底還是，條子爸的電了野蛋屁股一棒，野蛋不愧野獸派的　　嗥。媽咪一旁觀禮兼求情。姑，就讓我林達欠人家一棒。

出到霓虹大街，野蛋一路龠他四代。亦車亦趨，「咦唷我們可是肉體過『黑牢』嘍，」林達我一語柔醒野蛋。野蛋歪起狄龍咀角，「媽的你林的也肉過『政治黑牢』囉喝。」

河岸飆歌：不玩了

我們掩向淡水河堤。河堤上，並飆三個來回，對飆三個來回。特技下河堤，特技上河堤，特技下河堤。全面撲殺河床：乾泥巴瘀水沼，膠袋屍報紙癱，瓶特寶胎輪廢，破被褥枕頭架：絮漂草花。電馬肩並灘岸，馬後腿草花絮絮前腿吻著河水：夜色濛青，蟲唧呀唧，不時遠處叭喇叭，胯下永恆的噗碰噗碰：褐中泛紫，淫淫吮著我們，都市的經血。為了不辜美景良辰，野蛋提議飆歌。當下我鄭重宣布達弟為蛋哥漂一曲蕭阿邦，林的我可是小夜曲專家哩呢。蛋哥當場封殺專家林達，「你這痟幫主是前清遺老囉，」野蛋扭高碰噗，馬上重搖滾一曲喬V．棒的

不玩了

不玩了

馬子這回我已受夠
妳是有夠騷包，我鳥蛋受不了
夠了，我聽到下一位敲門的響聲
把戲完啦，寶貝，我再也不要

不玩了，不玩了
解掉我的腳鏈吧
妳勒索我的心為了贖精
寶貝，放我自由去
不玩了，不玩了
妳說謊瞞不住我的眼
我還是離開自個過

夜暗的高潮中許下了愛的諾言
（噢——哦哦）

那些字眼隨後在臥室燈亮間碎滅
（噢——哦）
妳的肉唇燒著妳的肉體喚著我的名字
（噢——哦）
我想澆這騷火到底無用
（噢——哦）

（誰，哦，是妳）妳說我們可以在午夜相會
妳要讓我覺得，哦，有夠棒
我說，哦，不，今晚不要
妳最好還是讓我走

不玩了
不玩了，馬子這回我已受夠。野蛋大手攬過林達的削肩。你是有夠騷包，我野狼的蛋直受不了。達林小手服貼貼上腿彎的蛋是野的。夠了，我聽到排隊的下一名敲門的響聲，把戲完啦，寶阿貝，我再也不要。不玩了。野蛋粗的手揉得林的腰軟澾澾的。不玩了。解開我的拉鍊吧，你勒索我的心吶還不是為了純精，寶貝仔，匝勒得緊哪，放我自由去。不玩了。達林柔的手舉得野大的梗梗呼的。不玩了。你說謊瞞不住你的鳥，我還是不離開自個不好過。不玩了我屁股發酸哩啦酸屁屁的林阿達頭歪向野哥的肩窩野大的順勢勾下達林的髮頸不玩了。夜暗的高潮許下愛的諾言。噢——哦。那些呻吟隨後在星子明滅間，碎滅。噢——哦哦。你的熱唇燒著你的肉體吭著我的名字。愛愛噢哦愛。可是我叫野蛋不是媽的爸的誰都可以叫的愛。愛愛噢哦愛。我想澆這燒火到底無用越澆越旺越騷。噢——哦哦哦。靜夜蟲唧。誰，哦，是你。蟲唧夜靜。你說我們可以在午夜時分碰面，你要讓我，噢，有夠爽。歌呻斷續裂透蟲唧。我說，哦，不，今晚不要。我是實在很需要今晚哪你你你可是今晚我有達林。馬子，哦，不，杏子，你最好還是讓我走嘛，今晚我不要也要。達林我有蛋野的今晚。噢哦哦哦我要林達我要今晚我不要達林要我野蛋我要噢哦哦哦

喉嗥驚殺蟲靜

尾巴，擺

「我們擺bye開吧，」野蛋說。「媽的天注定都市一匹豹的我是！」

「米肚metoo！」

在南京叉重慶口，我最後一次並肩野蛋。野蛋歪起狄龍咀仔角。「脔——」我率先起衝，飆入未來

十五歲那年春天

十五歲那年春天，我被販仔黃金萬從花蓮延平鄉帶到高雄五甲，交給月仔姨。黃金萬，大腹肚金戒指檳榔仔咀，每次講話血咀貼到面皮來。「來，番仔鬼，」車上，金手指一路深入我的大腿窪，「嘿我金萬仔跟妳講些悄悄話——」待到車停，見了人老遠喊，「這鮮貨噉，會出水啦啊哈——」

月仔姨，蟾蜍面木瓜奶老鼠仔腰。連一禮拜，蜷在臭溝墘貓仔間，月仔姨閒來扭著鼠子腰教我蛤仔功，「看，這蛤仔嘴一開一闔，開的時吐氣輕鬆，闔的時吸落到底，磨兼又軋，不出三分五分鐘，石頭嘛叫他變糒糬！」

禮拜日早起，有人去做禮拜，有人來試我的蛤仔功。別看我嫩，我也不是好哈的，——

鬧到後來，月仔姨冷下蜍面來，「燒一針。」被銃了一針，又暈又燒起來，鹽埕紳士黑狗兄終於趴上我的肚皮：試驗直做到過午，可以聞到隔壁厝青蚵燜豆豉的臭香。「看伊也不痛，」臨走時黑狗大仔吠一句，「騙我屌，錢不爽。」「哎唷哦，」月仔姨貼上木瓜奶，「——是你輕功好。」

當日黃昏，鏢車護送到左營幼齒冰菓室。冰菓幼齒，月仔姨的連鎖店，常駐貓仔三隻到五隻，監貓的外頭招呼一隻、內底坐鎮一隻，貓仔賣冰賣仙菓兼賣蛤仔肉。來的多是附近阿兵哥，英勇的革命戰士，不定時來泡幼齒兼練炮，說是實地射擊磨練戰技啥麼碗鍋。

後來，有三支炮對我特別衷情，禮拜日早起必來找我放禮炮。這三支中有一支尤其死忠，時常夜半三更翻牆出來看我，「只有妳能解脫——」目眶凝得孵子大，「我一卵巴火，」孵子一眨一眨的像要掉落來，使我提心吊膽又感覺榮幸。

若是好死不死有人來摸仙菓兼呷肉，孵子忠他就隱在一旁，等候兼保鏢。我盡量忍著憋著不刺激我的小保鏢。只一次，夭壽死的那人把仙菓當作檸檬來搾，我痛一聲，我的小保鏢即時跳出來，不過幼齒大保鏢跳得更快，擋在忠仔他前頭，「人來人家的，管你啥屌代誌？」

就是那夜，他哭著替我舔乾淨，同時喃糊著一再保證：待他脫下戰甲，就接我回去作伙生活。我覺得很乾淨。那是頭一次有人誠心替我舔：——以後一想到這，我就覺得自己很乾淨。但我沒有哭，是他哭。人講賺呷查某無目屎，嘿我哪可以有目屎。

半年後嗄，突然我的小保鏢不見影。我問照常來練炮的炮手，說是：翻牆被抓到三次四次，又踢翻大官桌的椅子害得人家官屁股當場坐空摔成三四裂，馬上送去訓練班受訓。我追問是啥麼班，炮手指著我的「——像這款蛤仔班啦，硬硬入去教你出來軟又乖、乖又軟——」我再三追問這蛤仔班是開在哪裏，炮手就含糊了只顧打炮；後來我免費送炮一次，才問出這啥麼班是在啥麼明仔德。

當夜，我就出發了。半跑半走，到高雄，問掃街路的阿巴桑：車站在哪裏？我直直站在車站前簷下等等等……開往明仔德的第一班車。天六七分光，一台黑頭仔車殺過來，我，拱豬樣，橫到半空中，隨後塞到車座溝間，腳手四隻五隻緊上來踩著摀著。

月仔姨午飯時趕到，親手替我鬆了綁，「這幼仔乇感情不止啊豐富哪，」順手在我大腿肉擰了一轉。大保鏢忙著要在這擰過、轉過的地方烙印。月仔姨替我講情，「別壞了伊呷飯的本錢——」兩三人鎖到外頭說話。

這晚，幼齒關門休息。整晚，大保鏢讓我不得休息：無論怎樣，他必要實行他保鏢的規矩。我千求萬求免了烙印，怎樣隨他。但只咬著牙幹「臭乇」兩個字「臭乇」他大保鏢不稀罕。後來讓他想到後門：他要到從沒有人到過的地方，——這是他做大保鏢的志氣。我滿了他的志氣。到底還是沒有壞了規矩，大保鏢點起了菸頭：刀刮肉的半昏迷中，我恍惚聽到嗤的一聲，嗅到燻鳥仔巴的氣味。

這我才明白為什麼人敬他「鳥仔疤大保鏢」的由來。隔日透早，黑頭仔車押到雲林水林鄉賓士理髮廳，大保鏢親手將我盤給賓士大老闆。「免驚，」賓士大即時安慰我，「來這有卡輕鬆，」當晚就上場捉龍殺雞順勢賣肉。

扛鋤頭摸豬屎的草地阿伯，相報相招趕來賓士站，試吃山尾頂來的番仔肉。有人嫌好看肉質粗像嘿山貓肉。有人死迷我胸前兩粒大福壽：白天埋頭撿福壽螺晚暝還是做福壽的奴才。有人整天跑田埂巡無水奔來我身上駛脾氣使力找水。

個半月不到，三四個包巾裹得密密密的草地阿姆，來賓士前叫陣，「番仔牤鬼！臭死回去！」手上把著鋤刀比劃著，「臭死回去！番牤仔鬼！」放學路過的孩童邊走邊罵「番仔牤臭蕃薯——」把臉歪成蕃薯的樣，「臭蕃薯番仔牤臭蕃薯——」

結果我臭蕃薯聲名大到鄉代表父子為吃蕃薯的先後次序起了衝突，鄉代兒子砍了鄉代主席一刀，鬧到我番外來的蕃薯不能落土生根，黑頭仔車緊張押我轉去隔壁口湖的滿香廳。水林老主席抱傷循我番味找來，被口湖代表搬出大支武士撼了回去，口湖武士說我現此時是口湖的肉口湖兄弟難道是好惹的咻？可憐那老表鳥不得伸只聽他蚊子哼「——阮水林呷剩的燠乜臭肉有啥屌稀罕！」

頭三天，滿香老闆娘體貼我免排號做生意，還將伊彈簧繃的床讓給我，兄弟入入出出，我實地體會了聞名的草地兄弟的厲害滋味。好在不出三日，滿香鴨霸大仔宣我是他肉臠，每日由他鴨霸採頭苞，也就是江湖人人豔羨的「鴨霸開場」，後來的人通通得吃他的鴨潲水。

隔春，滿香老闆娘開桌賀我週年慶，鴨霸和我坐上位，人人恭我一聲「鴨霸仔嫂」。我賣肉滿年又是初次做嫂，禁不住淚流漣漣，口湖代書先生讚是「番仔花一支春帶雨」，鴨霸說是「雨落番仔溝過台灣」。為著答謝各位，鴨霸請出我的兩粒福壽桃，人人大魚大肉碰杯乾杯目睛兼著配奶子福壽。

就在這福壽宴，我死心戀上鴨霸：我想我滿十五歲就做嫂，差可以算是難得嘍，像嘿代書仔仙前來細眯細瞄我福壽當時所嘆良床美景奶大如此天復何求。自後，我閉眼睛只面著鴨霸時才張眼睛，我不搖只鴨霸採苞時我才搖。漸漸口湖人士譏我是番仔柴頭，好看不好吃。滿香娘命鴨霸命我要開目兼得愛搖。為著愛，我犧牲答應開目，同時為著愛，我堅持不愛搖。

後來，滿香娘私下談判鴨霸。我鴨霸哥提出絕無可能的條件：鴨一次娘子屁股。——自從滿香大老闆被仇人來鎗殺，他鴨霸仙想也想老闆娘伊的貞屁股。我鴨霸嫂料不到滿香娘伊出賣屁股的當晚，兄弟押我離開迷戀的草地情人，痛苦連夜入咱國際水準的第一都市……

祖母的死

他拒吃藥了，咬緊牙關。大護士拏錫製湯匙扳開牙縫，藥灌入去，她左右甩頭藥水左右唇角瀉出來。

不然，不吭聲乖乖吃藥，含在嘴腔。兩三分鐘後，噴血一樣噗出來，有回，噴了大護士白胸乳成了大烏乳非洲種。

黃昏時轉過去看她，燙髮阿嬌假裝沒見到誰進來。

本來暫躺在佛櫥後，眼睛嫌不見人世百相動態，「無聊卡緊去死煞了——」趕緊搬她到佛前廢井與桑樹間，可以眺望租客阿嬌燙髮的手藝怎樣怎樣在人客頭上動工。佛櫥上半閣樓睡著燙髮家人和徒弟，——死了也頗不寂寞。

她躺在廢井旁板床上。小護士背倚著桑樹幹，就著前庭射來的燈光讀著小本書。

「什麼書？」我笑問。小護士臊羞地翻過書皮：青春之愛。

突然，她睜眼，「快，快把壁打開——」直著喉嚨喊，「壁啦壁，——打開，」瘞下來，對著桑樹葉說：

「天保庇羊醫倒先死免想要設計陷害我……」

她受不了大護士那樣子半夜閒閒坐著，天亮就賺她大鈔一張。斷續住院。吵著要搬回厝。

「半瞑伊目珠門關的時候比我多。」

每日一回洗身軀時，她兩隻腳姆指死死相勾著。護士必要劈撐開大腿肉才擦得到下體，——這是她平生遭遇的最大侮辱了。擦她的那「無衛生紙」椿滿細廝的刺球，更甭說大護士指甲邊的犀牛角質皮了。

小姨私下請教楊醫生是否合適回家厝。

楊醫捻著他久年羊鬚說，看在妳也是我羊醫接胎來出世的份上，他願意洩漏一般牛醫不願意來洩漏的實情：

「既然病主人無意願來開刀噹咻哪，那瘤先生蟄在腦內底就一日比一日無簡單，病人暫駐我這，我老羊阿仙十八般武藝至少把握安她三四、七八分，回厝去就不知要折鬧到怎麼啦囉啊。」

羊醫洩露，在他的病人史上，出現了一位做一世人古詩的斯文先生，做到頭殼鬧熱瘤一青番起來強開了他家百年老厝三四洞天窗，說是方便對著織女做戀詩，後來還是天尾頂有人看不過順腳踢一粒殞石直直穿落天窗到他做詩的夢中當場將古詩人驚過身去。

又三天。她看見仙去十二年多的丈夫自門邊走過。

可能先去屎尿吧，可憐趕遠路回來探看，他又生性古意不好意思向人家借廁所，——但一直沒進病房來。

「說不定，」她陰陰地笑，「是專程來放一腹尿的。」

一天啃幾回東菜市貴嫂的油飯，幾回拉肚子。屁股左挪右挪遮住屎水，到底包不住屁股給人嗅到。

大姨堅持屁股髒了就換，病院不欠床單。

她屁股脾氣壓著不讓人換，說當年換手洗尿布包八個小屁也沒這麼勤快。大姨哄說不換屁股會生細菌。

「哼看妳那粒大顆腹肚，」她睨著中年富泰的大女兒，「黑天暗地內底藏了多少歹菌。」

週六過午，二舅自高雄來收慈濟會款。她繳了五百。

二舅嘴皮叨著「阿——陀佛」「阿——陀佛」，轉身出門。「憨仔——」她用全副小肚的氣力喊，把雄字喊成憨。

二舅踅回來，說他馬上必要趕去後山本堂。她再給五百，——下個月款可能收不到了。「阿——陀佛」「阿——陀佛」二舅一手接款扭腰欲去。「憨仔，替我傳話給嘿後山姑娘，」她緊緊掐住紙鈔尾巴：

「叫伊本身自己得愛卡保重嚁哦坐久腳𡳞就生痔想多頭殼就生蟲。」

有個夜半，她叫了百外聲才喚醒養神閉目中的大護士。原來不為屎尿，只是剛剛她決心早一日脫離眼前的一切。

天天看輪流來去的兒女的老面皮看來看去也憪氣。她手頭有些錢，天天付人頭稅，也有手空的一天。

「睏啦半暝沒人看見免展妳神經。」大護士只一句。

她吩咐大護士此後就請躺下來睡成癱屍，聽到什麼動靜請不必理會。毛巾三四條攤在肚上打來打去打死結。

逼得大護士撕兩行膠帶將眼皮黏上眉頂。

隔早，大護士洩祕密給小姨。

正午，五個女兒會合來哭，勸。她就只一句，「大家好過日，」針對著大護士，「也免嘿美目眉撕了了。」

小姨搜索房內任何線形的東西。大姨把她穿的粗質線襪一雙雙剪成短襪。她斜倚床頭啃著油飯，靜靜看著。

二姨堵在門口，對著病床訓道：「上帝教人好生好死，天堂不收自殺自己枉死鬼，要死也要帶念上帝的面子，不要教做兒女的在上帝面前漏氣。」

四姨是老牌化妝師，「現代模範母相在慈祥和威嚴之間。」半哀求半命令她萬不可將自己的臉相搞砸到化妝不了的地步。

末了，她從腰邊摸出一把鐵鎖匙，蹲下床側，開了那只隨身八寶鐵箱，伸手入去半天抓出一團長布條，「想不到阮阿娘的腳帛——」

大姨一把搶過去就勢要剪。「慢著，」小姨搶入說，「先拿給古董商估價。」

「正好，」她也贊成轉手給比她需要的人，「當年枋仔橋頭老古董他媳婦就是用婆家腳帛吊死的。」

再說，西門腳賣蛇肉攤他妻賣到某一日用自己的蛇髮當著食客面前纏緊頸子勒死自己，草花街某大戶老姑娘四十三歲生日那天連吞了六、七十口唾液嗆死自己，還有過去她皈依的菜堂老尼師在眾目之中硬硬閉目閉死自己。

歡喜無奈回家厝。週日，難得遠在屏東忙大場生意的大舅現身廢井前六七步，她就喚，「肉攤王仔來嘍咻？」

大舅拿捏成有氣無卵的嗓子應，「今阿日的筋絡肉不壞哦——」其實他手中拎的是一箱從老鼠會兄弟撥過來的壽精。

東菜市肉攤王仔的筋絡肉是她老來牙齒的最愛。

大舅體型酷似芋泥，嗓腔也是芋泥般紮密。肉攤王仔光吃賣不完的黃昏肉，體型像吊在攤上的長條精瘦肉垂，嗓音則像無時無刻滴下來的血水，有一句無二句，一句拖過無半句。

大妗即時拿出昨晚燉好、便當裝的醬滷屏東筋絡肉。「肉攤嫂好心就保庇妳自己生後生，」她挑了一塊送入嘴裏，嚼了三兩下，頓住：顯然屏東豬不比咱府城豬幼秀。

大舅今日直烏著臉，大妗也是一面黑榴槤。昨晚深夜，押著唯一領養的兒子送入精神科，「這小子再遲三分鐘送來就腦熱過頭神經腺即裂開了。」醫生痛責做父母的。今早，又臨時通知必要趕回來聽她胡言亂語。

醫生斷大表哥患了一種急性妄想病。「憨想病。」她面向桑樹喃喃說。病源可能有三。一是長得一臉番霸面的表哥有幸來被某五十歲上下的金錢豹女相中，如今那豹女不放人，說是難得雙方骨格凹凸適配那般，豹女定要追到床尾海角。

二是不知何時開始某人喚他「蟑螂」。大約他性喜窩在陰濕處。好在他也認同蟑螂，父母鄰人誰也不准打死一隻蟑子讓他眼見到，不然他就嘮著蟑螂眼睛盯人三夜。昨日暮晚，豹女來好過後他癱死床上，大約是豹嘷得太讓人心不堪了，不知誰把三隻死蟑偷渡入來，兩隻蓋他眼簾一隻封他嘴巴。

第三層病因是不知多久前自家診出來的：當憲兵役時，他抓了個流氓逃兵，當場那流氓咒詛一出來就做了他，「除非你一世人躲在厝內養蟑螂。」會那般生氣也怪不得那流氓哪裏都沒逃直直回家尋他少妻辦天地間大事。表哥算得明白離那流氓兵獄期滿還兩個月零六天，他閉關自己在房內養蟑螂已有三個月零八天。

「阿禮，」她嚼著筋絡肉同時喚著大舅的名字一清二楚，「駛那流氓兵和那豹皮屁股的來見我，我當場將伊兩人促成堆，哪是要用到這百年眠床借伊也可以——人講墓仔埔火燒不過腳尻頭，燒過頭就是伊家的內袴底事嘍。蟑螂炒蒜頭可以解心毒，回去煎三帖服了腦熱就退——嘿哪講嘿精神科你千萬呆他不得！」

她不肯面對來人了。小護士坐在廢井板蓋上，她側身面向桑樹幹，由著來人自說自話，她在桑樹皮上指畫著東西。

小護士說，她昨午畫了喜樹她娘家的瓦厝。黃昏時她畫到阿爸抓著扁擔衝出去——埕緣晾竿下呆呆望著阿娘胸衣的大阿兄，在擔頭落下的瞬間跳開去：之後是暗夜海灘上的追逐，直到阿爸踩到兩隻交配中的沙蟹。

阿娘的胸衣是一邊有雙排裪扣的，她細細畫給小護士看。阿爸腳掌心被蟹螯刺中，因是擾了人家好事，那刺特別狠深，傷口血流滴過過冬，直到皮貼骨血都從那螯口流失了。

大姨說，這草地阿公也真是硬氣得可以，——像自己那小兒子吃奶到十三四歲，二十歲當兵去時口袋還藏著奶嘴，趁沒人不時拿出來吮她兩口。

「現今，」大姨紅暈著面皮，「奶頭還不時發癢呢。」

一根中指頂在樹皮扭著顫著，顯然她正指畫著那發癢著的奶頭。

她的娘突然長出腳毛來，後小腿肉不用說，她指背貼著樹皮翻捲著、捲著，腳脛骨上的毛可以指繞三、四圈。當時有庄腳堂叔表舅託人來說媒，她娘就光現著足踝到膝蓋。

三姨嘆，可惜當時沒有雷射除毛機。庄內人傳言這婦人的腳毛帶妖氣，說不定丈夫那傷口就是被腳毛反覆刮到止不住命的。二姨感謝這是上帝的旨意，全心保全未亡人的貞節。直到她替娘換壽衣那時刻，見到那雪地一樣亮的恥丘，她才了悟腳脛突然出毛的緣故。

有幾天她停止指畫。她永遠忘不了娘那「充滿意志力的恥丘」，但她畫不出「那雪地一樣亮的」，她背對小護士說，她一生從未見過雪。小護士說自己還好見過冰雹，有日正午鵝蛋大的冰雹下到山腳下的村莊，其中一隻直入村長阿伯的嘴腔直接從肛口破內袴穿透竹椅洞隙出來，其時他正在埕庭睏午打呼。

婚後，丈夫怕她嫌他打鼾像打雷，不敢在她耳力所到之處睡覺。後來，她也不清楚丈夫在什麼地方睡覺的。不過孩子還是一個個生，而且沒有偷生的。

她畫打雷中的丈夫，卻記不準丈夫的嘴臉了。她要小護士拿個小鏡來，凝看自己足足一個早晨，午後她畫好了「打雷中的丈夫」，嘴臉當然用的是自己。

「妳知道為啥麼——」有日清晨小護士剛坐下板蓋，不防她陡地問，「我不隨便讓人洗身軀。」

小護士不好意思地說，是府城阿娘啊美老來也秀氣，不像庄腳婦人到三、四十歲坐下板凳就叉開大腿。

半夜，她畫自己的私處，到天亮還得不到個定型。「像花呀！」小護士說。每個女人都像花，但花有百百種，她自己的到底開的是怎樣的花，她從來沒有仔細斟酌過。

「這奇！」她會畫雞鴨貓狗，就畫不出自己的私處。

小姨恨透了她不讓自己親人洗她身軀。大姨安慰小姨說，有位老處女同學，那裏不知長了個什麼東西，就是不肯給任何人看更甭說醫生，到死大家都還不知道那地方發生了什麼事哩。

「好像我們不是從那個地方出來的。」三姨好幽怨。

「自己的東西自己要會畫。」她告誡小護士，不然就辜負了長有那個東西的一生的辛苦，還有私密的地方要死也不要隨便讓人看，假使被別人先畫去了那才叫做「現世」。

她不讓人導尿，說自己一世人從未被雜七雜八的插過自己，「妳自己哪愛插自己躲去死去插——」

睜眼便問：誰來嘍？接著數落來人的來意都是看自己好死不死。多日來終於排了便，撿著黃金大家也跟著鬆了一口氣。她罵來人：妳去死啦——

「若真能替她去死，」小姨哭。吩咐大姨把八寶鐵箱的鎖藏好，最好吃掉，可能那內裏有她一生見不得人的祕密。又叮嚀大舅：草草埋了就好——。

張大口呼氣吸氣。上唇缺牙，下牙突的長尖。亂迷的找不到個定向的眼瞳。是不能回頭了，——人家在等著妳死——但又不知去何處？

壽衣幾層幾領早就備好在身邊她見不到處。

死後，最可能老洋樓被賣掉，跟鄰地合建商業大廈。桑樹枝葉都傾下來挽留她，那廢井的苔蘚更不用說了。

在我寫下有關她的死亡的夜晚，她時常來入夢。坐在蓮花座上，嘴唇蹶成波浪狀，不用開口說也知道她煩透了被限坐在那朵蓮花上。

有回，託小姨來說，不要再寫她，「再寫，就回來把你『收』了去。」

夜半夢醒時，禁不住我想像：她躺在不遠處的地下，渾身正發著陳年豆腐乳一樣的味道，風吹過她厝頂上新栽的草，穿過相思樹林，向鬱青色的海。

漫步去商場

■

每晚飯後，我們漫步去商場。

妻愛停下來眺望天主堂的庭院森深，修女的白制服是她少女時代的夢想。

我愛駐足聽喜宴的電子琴音。總是社區自強中心騎樓下塞人堵臀，「人臀趕去吃喝屎尿，」我曾經寫下這樣的句子。

常常，繃著窄裙扭著小腰清湯掛麵的女人堵在前頭，在機汽車氣排與電子琴音爆的炒作中，幾乎聞到一股少女的幽香。挨到少女轉過入口的瞬間，——一張入木已是六、七分的側臉。

木是棺木不是桃花心木。不禁我吟出如下的句子，「人生不如一碗掛麵清湯。」

■

未到股票大廈幾步遠我們過街，妻怕那黏在門面的大號金碗掉下來。我讓妻走繞人行道，獨自穿過一畝草林廢墟。

我性喜廢屋，尤喜它帶黃昏暮氣。人說這是前朝某大戶的後園，子孫中了梅毒或蘭毒患了心癱，才不懂得拿來開發大廈賺錢。

我相信這是一個拒稅的典型，拒付大稅寧可小稅最後根本沒有想到要付稅，「廢屋是研究稅制興替起落的地方。」我順手拗了枝野薑花獻給妻。

「人嘛，」妻嗅著薑花，「要帶點野氣，」我接下話，「不然像自己肚子內的小蟲一輩子出不了頭天。」

■

商場宛如癩痢頭，這裏亮一圈那裏一圈，——連陰影也漂亮。

百貨雜什攤子串連一氣，髮飾耳環是妻的最愛。昨晚她買了一個碧綠色百步蛇頭尾圍成的耳盆，今晚必要找到搭配得來的髮夾子。

我建議那個古紅甕子。昨晚我就暗地看上這甕子：盆甕都是部落寶器，想見戴上頭臉是多麼原始風光。

賣甕器的AB褲妞讚說這位先生亂有眼光。「是眼力，」我謙虛地，「不止眼光。」這位先生亂帥的眼力開春以來就賣掉不止三十個這甕子。

「盆甕，盆甕，」妻把轉著甕，「盆甕念起來蠻順的。」可是還待妻仔細斟酌看。

■

正當此時，我習慣別妻暫時，蛇形過人叢攤陣遠到邊疆，必定我先到那五折書攤報到。我搜購所有有關稅制的書，掛上半老花眼鏡我彎下腰，關係到稅制的任何一個字都可以作我研究的資糧。

可惜，趴在書脊上的多是什麼經什麼傳什麼人體圖解。圖解人體經傳脈絡是現代人的食古速食玩意，一根毛也夠不到歷久而彌新的制度。

我質問這自號青藤書攤的主人小伙子青藤，為啥不批些制度的書。青藤子白眼對我說，制度誤人終身圖解誤人一時他寧取一時不齒終身。

我大嘆以他的口齒不止擺攤。青藤子再度表明自己是國家立案的大學的文科畢業生，傲骨天生寧可自誤也不肯讓兩張嘴皮去誤人，再說他當然曉得制度是啥麼個東西，不過一轉青眼，他青藤子願意為人批些圖解制度的書。

■

「嘴皮是用來娛人的非乃誤人。」順攤而下，我心想：誤人子弟必要繳稅擺攤不必。「制度不是東西：制度自證同時圓滿它的自身。」

披著蟬翼風衣金絲貓女溜出來喝著蓮藕茶。現在應該是清肝解毒海狗丸上場的時刻，主持人丸博士正在透露那丸的不二祕方。

貓女伊剛剛場上吐過劍光，即時來喝茶解吐。妻叮嚀我萬不可貼近那吐光；這種特異功能的光，傷不了前排的小孩卻不時內傷了後排的男人。

我蠕蠕近去買杯楊桃水：貓女俯著眼簾小口啜著小口。如果楊桃能交杯蓮藕，如果——果不其然我吃驚到自己啜到蓮藕的滋味，同時剎那貓女脹開眼皮從伊桃杯中射出精光。

■

「——中氣不順咻？」水泡鏢場的半老徐娘殷殷地，「讀書人愛憋氣，射一射來射射可以幫你透氣。」

徐娘她長年迷地百景裙，緊勒著蠻勁的腰身，衣襟嵌著大朵處女胸花：即就是這胸花的處女氣質，讓人默認她是這商場的貴婦，眾人知丸博士所以不吝每週三率團到此，全是貴婦的面子。

鏢射五支我最高紀錄中泡三支。貴婦說讀書人難得有此能耐了，五泡全中的就知道他是阿飛無所事事成天練鏢。我好奇問像她丈夫能中幾鏢，貴婦不語只那樣羞一朵處女的笑。

有一晚，在斜對過腳踏車後座攤買燒酒螺時，那長年鹹菜脯色的男人向妻說，「我妻當年嘛像妳一樣美，」我們順著他眼神望去，竟是那亭亭在鏢場中的處女貴婦。

■

妻很感動「美」這樣的字眼從那麼樣寒酸的嘴巴說出，還不惜讓他妻子披金戴玉，自己癡癡守望著、怕妻子被商場偌多壞人欺負。「丈夫守著妻子逃稅，」我的感想是，「這是夫妻聯手對抗制度的一個範例。」

執著漏斗燒酒螺，我輾轉尋到妻仍蟄在寶器堆。古甕已被時光淘汰，目今妻中意一根髮夾紫青月光珠串。AB妞肯定月光珠青紫配金黃耳環向日葵保證妳出人頭地。日月爭輝的道理妻也懂，不過妻憂心人家看了會說這女人終將留不住瘋子耳朵，要是向日葵夾髮月光珠環耳——

■

我踅過去手轉輪盤賭攤。鼠面皮夾那攤主瞇到我便吆，「公證人來嘍！」奇怪他不管暑熱總那老鼠色狐狸皮夾克，憑我多年學術性眼力管窺內裏可能必有學問。

公證人首要條件是毫無賭性的人，附帶條件是永遠置身局外的中立性學術權威。當鼠面皮夾手一轉再轉輪盤、賭人紛紛押注後，眾目交纏的靜止中，我鄭重剁下剁針。

針穩穩命中某道線格。輪盤及時一轉再轉，命定後的下注尤勝於前，我趁亂吩咐皮夾跟班小弟去替我烤隻魷魚。

■

「拒收賭稅的制度無能成就一個完美的制度。」

我嚼著甜辣魷魚腳流連日用雜什攤：髮捲睫毛捲腳毛捲鼻毛剪指甲剪鉛筆刀眉筆刀水果刀肉片切刀剉軟骨刀斬硬骨刀腳掌按摩機坐式划船機腰帶環除贅肉機下巴線條整修器腦波震盪機色筆色紙禮品包裝紙透明彩色玻璃紙小兒愛哭貼紙純正狼毫筆標準十行紙浪漫信箋專用紙新開發香水迷人紙保證胎毛筆……

我性癖小學生橡皮擦，隨手我帶回個擦子屯在藏書間，可以隨時擦掉過時的文字。「又買擦子嚒不如買棉花棒，」妻趕過來了，下一站當是棉花棒特區。

粉紅梗白棉花隻隻撐著向日葵大耳垂。隨手妻捧了盆棉花回去養在梳妝台，可以不時通她油性耳朵，也可以借我蘸酒精嚇走藏在書頁間的蠹蟲。

■

靠女廁的壁邊：氣功攤。兩個白色沙拉油塑膠桶，插著黑桿旌旗，擺開門面：橫幅是「真人真傳江湖不傳之祕」，直聯「筋骨酸痛陰陽失調」「經血不順久年不孕」。門庭深處煤油燈裏坐著毛禿的那人，「真人師，」妻恭敬的喚。胳臂的線條起伏顯示他曾是個練家子，只是如今胸肌墜到凸甸的腹肚。

「有消息了嗎，」真人眼簾一挺，精光射向妻的小腹，光的尾巴瞟了瞟賴在門坎的我，「不要緊，讓師父的真氣慢慢啊替妳調理。」

妻蜷過真人背後，白絲綢的小腹貼了師父豔紅的背心。他縮起雙腳趺到圓大凳上，凝睛運氣足足有三歲小孩鼓吹氣泡的久。陡的雙手往前一推胸臆噁出一響悶聲，一推一收如是三個來回。

就在第三個回手時，翻掌過肩掐住妻的腰肉，汗赤的背肌黏著絲白肚肌微顫起來，待到這顫成了抖動，禿顱在乳溝緣旋、磨。妻仰了下巴怔張嘴唇「——噝——」恍惚氣穿絲綢源源貫入的嘶聲。

■

打氣一通收費八十。妻給百元，多的請師父吃補。

「你看見師父頭頂冒著霧氣嚒，」妻還在亢奮中。會不會是煤油燈慢火蒸的他肚內的油脂氣？「師父說是真氣哪，得自開宇宙的時候。」

趁真氣未散，妻領著趕到七彩池：一枚硬幣許一個願生一個寶寶。妻手心捏幣至少三枚投幣則必要一段長長的祝願文。

挨到第三遍願文起念時，準時來了阿婆子，背僂到水平，披掛著七八個大小包包，茶油餿的髮髻對著人，手掌尖直到人的鼻孔。

人說這水池是某政治企業家的遺愛，要人生生世世不要忘記他的生命曾經像這噴來噴去的七彩。更說這婆子是那企業政治家的小妾，定時來收遺產稅的。

我被這打百筋球的手肢愣住，一時忘了繳稅。阿婆子斜起臉來瞅我，水蛭眼窪，鼻腔是地球的黑洞，嘴巴嘮得那樣讓你不由得隨它嘮起自己的嘴巴來。

這「嘮」的聲波震動七彩水紋，驚了正在投幣動作中的妻，那幣在空中抽搐幾下，落到稅收員的掌中。

阿婆子嘮著嘴去了，妻嘮著嘴過來。「剛剛臨水夫人來收稅，」我嘮著嘴巴說。臨水夫人是註生娘娘的姊妹。

■

眼尾掠到，有個藍衣人影跟著，走走停停龜龜縮縮像徵信社的二手。

折入自家巷口時，他拼小步截上來擋住，像來自藍星的殺手。殺手凝瞪我們一動不動，死默的寂靜襯著不遠處機排汽排聲。

忍不住我開口問他，「做啥？是不是便祕孔急？」同時，他齒間迸出兩個字「秀秀」妻的小名。那齒間冷熱交加到讓妻的門齒上下相叩了一下，「誰？」

「是我。」殺手上一步，背後水銀燈瀉他身影一團藍濛。

「我不認得你。」

「我是妳的恩怨情仇。」

「恩怨──仇？我有過恩怨──仇噯？」

「我們曾經一度。妳不會忘記。」

「曾經一度我們？」妻銀白了臉，以及「更其」雪銀的衫裙。

我斜前半步，「喂你是不是來收稅的，」補充說明，「過時稅。」

那藍衣情仇身形後晃及時煞住，也斜前半步。及時，妻插入情仇之間，「這是我先生。」代為引介，「我先生專門研究稅收制度。」無辜的秀臉面著我，「這位先生說是舊識，我們何不請他一起回家，說個清楚。」

■

藍衣人自我告白說，少女秀秀是少男他的初戀，也是一生唯一的戀。他為這「最初也是唯一的」而受苦。十年來，為了補贖這痛苦，他努力戀愛過多少女人，結果發現都是這「最初也是唯一的」代用品而不是它的自身。他決定回到苦痛的源頭，——再飲源頭水必定可以澆滅存在於他肉體乃至心靈的永恆的痛苦。

「不可能，」這最初也是唯一的女人幽幽地，「我現在幸福中。」

「沒有什麼是不可能的，」回頭男人咬牙了，「我千辛萬苦找了回來，這就證明沒有什麼是不可能的。」

「你怎麼找到我們的，」我很好奇，「我還以為最拔萃的催稅員也找不到我的。」

聳聳鼻頭，他說，「我熟悉秀秀的體味。」

「胡說，」妻嗔了，「我可沒有那種體味。」

「別人品味不到的，獨獨我品味得出。」

「真的？」妻也好奇。

「是——某一種說不出的仙草蜜的味道。」

「仙——草——蜜的說不出的，」妻愛嬌的，「可呢沒有人這麼說過的。」

我用仙草冰的聲腔說明白，「我太太是沒有味道的女人。」妻虎我一眼。

「這位先生我想單獨跟秀秀談談。」有品味的男人說。妻拿指尖翹到鼻尖，品味著。

「秀秀我想單獨跟這位先生談談。」秀秀的先生說。

秀秀瞅了先生一眼，起身的瞬間瞟了男人一眼。

■

我正告藍衣人，人生的最高境界在於修道成就隱形人那般，必要時隨時隨地可以隱形，那就哪怕你再怎麼完美的稅收制度也奈何不了你。

藍衣人正告我，他可不在乎能不能隱形，更無意修什麼道成肉身，他生命最崇高的表現形式就在於無窮盡的表現、表現再表現；我隱形的冰碰上他表現的火，形都沒有了還要什麼隱形。

我不生氣，因為生的奧妙就在有氣，能隱之無形，不然像你氣灌直腸，充都充死了，哪有什麼曲折妙趣可言。藍衣人也不生氣，明知充死了也要表現到底，總比王八縮頭烏龜的好。

既然，烏龜都出來了，我只好隱身沉默裏。

表現主義者節節進逼，「請你從秀秀的生命中隱形好嗎？」這偉大的表現主義者竟然說出一個偉大的隱修者一生的最後的話語，「——請你從生命中隱形好嗎？」意思是「自我要求我從自我的生命中隱形」，偉大的雙方雙雙吃一嚇雙雙沉入如雷的默裏。

有「默酒」三巡的久，情人，不，愛妻出來探看。藍衣人直了眼，被色椿釘住一般：原來愛妻，不，情人塗了胭脂，黑貓眉佳麗寶腮蜜絲膏唇，還上了鬱藍的眼影。

款款地，她走到某個定點，款款的坐下，——恰成等距三角形。「說到哪裏了？」款款一笑。

■

這一笑即時令藍衣人攣起來，我早年撞球時旁邊一個正在推桿的就這樣羊癲起來，口沫濺掃得我滿面都是：看你把秀秀搞成怎麼樣，看，當年我離開時，是冰肌，看你拿她磨成一層海蔘皮，你罪大了你，大自然賜給你玉雪，爛的你攪到烏茲，烏龜王八你的稅制研究，只有無產階級才害怕繳稅，看你讓秀秀住這破厝三間——

「你怎的知道有三間房？」我插話。

三間半，廚房兼浴間兼廁間那間只能算半間，我觀察透徹了你像秀秀腳掌的紋，秀秀平生怕蟑螂偏你這老厝蟑螂多，害秀秀她娘害心臟病跟著女兒跟著你受苦——

「你哪怎知我娘心病呢？」秀秀插話，「你真知我腳掌的紋路哇！」

妳娘心病全在於懶了看這寶貝女婿，妳不見她整天閉房門躺床上聽收音機，避免一眼看到聽到女婿。你自己想想看有多久沒見到她娘了——

「四年啵，自上回送醫，不，」我承認，「有四年半囉。」妻的胭脂臉變了色。

即連妻娘也不肯見的女婿還能算是女婿嗎？即連人人必要繳稅這樣簡單的稅制精義也參不透的還能算是人嗎？今晚你要還秀秀跟她娘一個人道——

我被口水濺得濕癱在籐椅座。不過，經上說「凡是生在地球上的，死亡是唯一也是最後的稅。」

「先生他累了。」妻蛇起身來，「不妨你在這過夜，明早再說。」

秀秀領著他過我的研究間兼臨時客間。我可以想見她向客人引介我的壁書，「這些都是研究專家哪專用的研究書籍。」同時可以聆見客人暗罵了一句，「書不拉屎。」隨後靜了有幾分鐘的，長，只聞見介中那間她娘的收音機正播著午夜講古。

■

秀秀回轉時，我早攤大字在床上。秀秀說和她娘說了一會話，她娘今晚睡不好，還跟娘借了蚊帳給客人，——蚊子愛鮮不愛吃老肉。

秀秀褪了白絲衣，竟是黑絲裏小襯。當是男人舌戰時，她卸下平常的肉腐色換上黑貓絲。黑絲襯雪嫩，那種魅，自有生民以來得曾未有。

「妳不是說我累啦。」

「你睏你的，我做我的。」

今夜秀秀做工十足，慌得她娘扭大收音聲量兩轉，——後來三四轉不止。

夜半尿醒，果然秀秀不在身畔。她娘的音量大如故。我摸黑尿去，貼著客房的木板隔間：「我已經安定了嘛，真的，人家不都說安定第一嗎，」如泣如訴的做腔，「受不了嘛我，真的，這樣的——」壁書四下震落的悶聲，「——真的人家嘛——哎——喂真的嘛一大早請你——」

■

一大早便開始慌亂的一天。藍衣人偷了廚房菜刀，在自己胸口劃了一線，扳開胸肌，掏出心肝來雙手捧在肚臍上。

法醫懷疑一個人的意志力不可能達到如此驚人的地步。刑警要我們素描事件的前因後果。

妻說她根本不認識這個陌生人，她是因為母性的慈悲，才順著陌生人的話意，做一位偉大的母性應該做的事。

我強調，由於天生我具有某一種終身學術研究者不可思議的眼力，初初見到這個人的瞬間，我就了然這是一個自我毀滅的人格。法醫猛點著頭，刑警要我只說重點。我重點強調，自毀的能量累積到命定的某一點，就要爆發到滅亡的路上，我同我愛妻只是這條不歸路上偶發的觸媒；我們很遺憾加速了這個引爆，不過這是沒有辦法的事。

檢察官敲門入內詢問妻娘。妻代答說娘患的多年局部性耳聾，只聽得收音機。

「這個人可能從來沒有繳過稅。」我提醒各位。

馬上他們電詢電腦終端：原來，這個人有多次自暴己短、強迫人看的前科。檢察官所以沒有起訴他，因為官方檢定這是一個標準的自閉妄想狂。

■

仍然每天晚上我們漫步去商場。

妻愛在日用寶器雜什攤留連有一個世紀長的久。我趁機去徒手鏢射她貴婦幾個水泡汽球，如今十元只得四支鏢，貴婦怨說臨時地租稅清潔稅又漲了二次，我答應回去研究這臨時租稅法則是否合理。

如今妻必要吃一碗檸檬愛玉不加冰，「肚裏寶寶嚒愛吃嘛。」真人師父換一種安胎功，要妻肚離他背有三寸長的遠，現在妻只出價六十，省下二十元回去丟入豬筒將來給寶寶買糖果吃。

我們都愁：寶寶不知像誰。

有一晚折入自家巷口時，妻悄悄說，「——我接受他的愛心。」當晚，我在壁書間熬出如下的句子：「愛的不朽，在於它能腐朽任何制度；制度的不朽，在於愛心常在星子明滅間。」

我悄悄將這未來的寶寶命名：藍。單名一個字：藍。

每晚飯後，我喚：藍藍，我們漫步去商場。

往事

苦蓮・一九六五

自環河南街河堤旁轉入，窄隘的巷道。水泥屋壁，沿巷道右側溜彎下去，幾處剝落了，露著紅磚，苔自磚縫爬開來，一大片，暗褐褐的。幾個竹籮，盛堆垃圾，横占巷道。廢棄的盆景，零落地依在門邊。一例是古樸褪敗的木門。門簷低矮，張著竹竿，舊褸的衣物觸上眉眼來。巷道左側，塌深下去，二尺寬河溝。對過是馬路店面人家的後牆，廚房開向河溝，魚骨槽雜傾下。溝水濁黑，蚊蚋蒼蠅繞飛著，腐敗的氣味漫上來。幾處淤泥灘上，竟也長著野草，草梗在風中危顫。

有人應門。木門朽壞了半邊，補釘著的薄鉛皮，發著晃噹的響聲。「牽亡嚒？」門椽內，瘦癟的老婦嗄著嗓問道，「喚牽亡陣孝子歌團是嚒？」

「您是含悲的媽？我是勝雄。」

伊皺縮眼瞼，愣愣地瞧瞪過來。而後，咳著氣：

「含悲嚒，含悲嚒……」

「我來求您答應。我會好好照顧含悲。」

「含悲嚒，」伊後退，駝傾的背，幾至水平。一面迷亂地喃喃道，「含悲嚒……」

塵黃著的天窗，瀉著昏濛的光線。觀音畫像，占了一壁，斷腳的檀桌，斜靠在觀音的裙襬上。

「結婚後，您要來與我們同住。含悲一刻也不願離了母親。」

「不，」幾根鐵條，支封著六角窗；窗下，粟色古式筐床。伊坐下來，「慣了嚒。」床，咿啞著。

有隻甕，棕黑黑的，置在對頭角落，旁邊地上閃著水漬的幽光。臨近水甕，三四個石臼緊湊著，炭爐鍋壺等置在上頭，幾根菜蔬垂掛著。

「我有份好的職業，公司是大公司……。」

「別，別，」伊吃力地抖著站起身，大聲咳氣。「別提你的職業，背景嚒，家世嚒，」伊激動著；嗓腔裂了般，暗嗄嗄的，突然冒出幾個尖音來。「要不是，含悲嚒，不會讓你入這門來！你知嚒，知嚒，怎麼叫伊含悲？」

「我，我很難過。含悲曾提過伊的父親。」

「你，誤會了。含悲的爸嚒，為伊命名含悲時，怎能預知自己的不幸？——他嚒，是為了過去的悲傷！」

「哦？」

「就像含悲嚒，他是孤苦的媽一手帶大的。更甚的是，他從未見過他爸。五十年前，嚒，他媽懷他八月，有日趕去苗栗，挺著大肚子，擠在人群中間，看到嚒，他爸在死犯列中，腳脛用鐵絲貫穿過，一步步顛向刑場……。伊拼死嚒，排開人眾，奔過去，一聲『馬各野鹿』和著槍托朝伊擊下來……」

「那是悲慘的過去。我要給含悲加倍幸福和平靜！」

「做人嚒，悽慘呵——」伊咿嗚起來，哭喪調子般，咕嗄嗄的。而後，蠕動身子，逼近來，「過去，是嚒，過去了……。不過，怎能平靜？死去的人，死去的靈魂回來了，撞見你

——噯，怎能平靜？」

「為何？我？」

「你，你，古——家——的子孫！」

■

圓環邊酒樓，彼時叫銀座。一個叫賽桑的董事，趕著在十二月末梢前舉家東渡；公司職員湊錢於銀座置了歡送宴。「這是扶桑清酒哪，」禿頭的賽桑一入座，笑殷殷底，「今晚，別來紹興。」有個酒女愛嬌地攏靠過去，銀白旗袍上繡著紫紅梅花枝，伊將清酒揣來把在懷裏，細細摩挲了一陣，「喏，瞧這瓶子！他們的心真大，什麼東西都要大一倍。」有細碎的嘻笑聲。「要死咧，」另個酒女，頭頸上盤著古式髮髻，張嘴打著小小呵欠，「還有美——國——貨哩！」大群人帶著譎異的笑容幽幽底笑開來。陡然，有個男人，大剌剌地站起身：

「來，敬賽桑，為賽桑美好的未來。」

「多謝！嘿，乾！」

「再敬賽桑。」那人顴骨紅突突的，凹入森黑眼眶，髮鬚沿頰腮纏絡開來。「賽桑有辦法！移民彼邊，豈是容易的麼？」

「是啦，乾！二十年了，才有今天哪！」

賽桑一勁地仰頭，乾杯。酒女嗲聲道，「說嘛，賽——桑。」眾人興味底期待著。

「一樣啦，凡事都一樣道理。吾們的先聖先賢說過：專心一志，心無旁鶩哪。」賽桑扯扯蝴蝶領結，豪氣底比手地，「年輕時，珍藏著一張扶桑島國的大地圖哪！本來，二十出頭那年，就有機會去彼邊，可惜隨即光復啦——而後，還是時刻拿出來看，拚命提醒自己：有日得去扶桑之國哪！」賽桑噓嘆著。「後來，地圖移掛在小兒的床頭了。他讀小學五年級那年，內人和我託人帶來彼邊小學讀本，先是『日安』『晚安』『東京』『大阪』一字字教，再要他拼成『日安，大阪』『晚安，東京』，多辛苦哪！」

老輩的同事們頻頻點頭許應著。賽桑眼眶潮濕起來。年輕一輩默默地滋味底聽著。

「三敬賽桑，」那人過來替賽桑斟酒，手搭賽桑肩膊，紹介賽桑給大家似地，朝眾人舉杯。「為賽桑的志氣和甘苦。」

「好，乾！」賽桑揉揉揉眼睛，「僥倖小兒有成，留學彼邊，娶了扶桑女人哪！隨後，入了彼邊國籍。——如今，我們舉家過去依靠哪！」

「來，大家起立，為高尚的賽桑！」那人粗嗄道。歡送的人們陸續站起身。我遲疑著。

那人嘻笑地過來，熱絡地俯下身來，輕聲道，「起來，敬四腳仔。」我不自覺地起身。那人喝笑道，「敬賽桑，有志竟成！」

賽桑感動異常了，連連乾杯。有個酒女倚過去，瞇眼睨著賽桑，嬌嫩嫩地唱將起來：銀座一男兒——。老一輩的加入來和唱著；幾遍後，年輕的歡送者也蠕動嘴唇跟著。那人於一旁緊摟酒女腰肢，頭朝伊胸懷鑽；伊吱叫著閃避身子，胸前聳晃著一朵亮紫的梅花。「我要——花。」和唱聲高昂起來。酒女嬌滴滴喘道，「花癲，花癲，要花山上多的是！」「多？」那人張牙舞爪地，佯怒瞪著酒女，狠聲道：

「問賽桑！賽桑，看過梅花麼？」

「嗯？哦——」賽桑怔了一下，又晃頭擊掌唱歌。

「賽桑一定看過梅花，但，沒有印象，」我替那人斟酒，一面淡淡道，「賽桑喜愛櫻花。」那人眦紅的眼瞳射過來兩道森冷。「賽桑去彼邊，正是漫山遍野櫻花怒放的時候，像夢一樣醉人。人們說——」

「人們說，」那人倦乏似底瞪著半空，嘴角裂開一抹淺笑，聲音透著冰涼。「盯著那樣滿天櫻花，心，會化開來，無聲無息的，溶了，化開來……。」

有人提議換首歌。賽桑激奮地高舉酒杯：

「幹！大家來唱，唱思念二十年的富士山下的故鄉！」

那人猛將酒杯擲去，在賽桑背後牆上碎裂開來。年輕的歡送者高興地拍手嚷道，「醉了。醉了。」老一輩的嚴肅聲道，「別鬧。聽，聽賽桑唱富士山之歌。」

「請問賽桑，」——賽桑吼著唱腔起來。——那人聲嘶道，「賽桑是不是梅花族？——」老一輩的如醉如癡底打著拍子，年輕的歡送者將筷子拏倒過來敲和著。酒女牽扯那人衣襟，撒嬌道，「阮，阮是梅花族。」那人赫轉身，一手撕扯下伊胸前梅花；伊尖叫起，護住嫩紅褻衣，朝裏頭奔去。許多敲打拍子的手呆了；賽桑陶醉底吼唱著；那人緊捏著梅花的手抖簌簌的。

「來，送你出去。」我扶著他，朝大家笑道，「醉啦。」——呆著的手繼續敲動了。靜靜地，橫過街。暗夜裏，遠遠底，淒急的煞車聲。對過街，是間廟厝的背面，暗赭帶斑褐的牆，燕尾上頭挨壓著跨伸過來的高樓鷹架。

「要嗎，替你請假，明天，」我問道，——是食物翻騰至喉頭的響聲：他傴下身，聳高肩背，下意識地手往上一迎。——「你是？」

「羅——」暗紫的梅花，漬濕在黃濁的液污裏。「羅繼——祖。」

含悲·一九六六

伊們總在橋頭解散，「牽亡到橋頭」，運柩的車遠去了，「靈魂隨水流」。南北管的老先們，蹲在橋墩上喘息；執了西樂器的阿兄阿姊，聚在一塊吵嚷著。伊們默默底沿著河堤回去：挽著髮髻，敷了濃妝，戲子樣的裙襖。魂轎於伊們後頭跟上來，有時晃過路中去，汽車喇叭便掀得漫街價響著。有人在堤旁垂釣；奔跑的小孩，聚攏來，身子挨靠一塊，愣愣瞪瞧著伊們。「伯啊——好好啊扛，」魂轎趕上伊們，有個女孩捏起戲腔，謔道，「水鬼一旁直直看噢。」姊妹們跟著起鬨，和著，「伯啊，好好啊——扛！好好啊——扛！」小孩吃吃笑了，喇叭聲於後頭叭叭叫。扛轎的老漢不答腔，緊上腳步，嘿嘿呵著氣。過午的陽光，直落下，河面射來刺眼的亮光：對岸，屋宇疊連一片，灰漠漠的；更遠，帶霧的觀音山。

巷口，流動的賣冰攤。「悲姊，」一個瘦巴巴，十來歲模樣的女孩道，「要吃冰。」姊妹們過去嘰喳著，愛玉，或是仙草。小個子女孩，接過仙草，低頭啜了一口，抬眼，望過來，怔了下，而後興沖沖道，「悲姊，悲姊，他來了。」姊妹們訕笑道：

「人家悲姊早知啦。」

含悲穿著綠襖紅裙，鬢髮散亂了，髮絲貼上腮頰，汗濕污了臉上的濃妝。伊背過身子，佯怒道：

「再說話，嗆了，我可不管！」

伊們兀自暗笑著。而後，默默走過巷道。腐壞的氣味依舊漫上來。含悲打開門，伊們入內。「好暗啊——」有人感嘆道。「當然，暗——。」有人答腔。

「這牽亡班移去妳們那頭吧，」含悲一面卸裝，一面向姊妹淘道，「我照顧不來，」含悲歉疚地笑著，「況且，星期日才得空。」

姊妹們沉默著。

「苦蓮姨還在世就好了。」瘦小個女孩低聲道。

含悲怔了一會。襖褂上有片汗污，伊用指頭撫著，淡淡道：

「媽在，倒可看顧這些衣裳——」

「妳來領著我們好了，悲姊，」一個女孩朝向水甕蹲著，水聲嘩啦地，伊悶著聲道，「就像當年，苦蓮姨領著阮阿母伊般，熱鬧在一起啊！」

含悲默默頷笑著。有人插嘴道：

「前頭餐廳招人，我們都去好了，不然，結群去做小工。」

「去電子廠好啦！免得每次牽亡回來，喉嚨就沙啞得這款。」

「哎呀，服務生啦，小工啦，多無聊——。」那女孩回過頭來，臉上濕漉漉的。伊詭笑道，「還是牽亡好！藝閣水噹噹，西樂隊鼓吹噠噠叫，南北管咿咿哦哦，人攏來看，阮又唱又跳，風光一世人噢！」

伊們噗笑了起來。瘦小女孩幽幽道：

「我死那時，妳們都要來替我牽亡，那樣，死也歡喜。」

「胡說。」含悲帶笑道，「回去吧，這些事，以後再說；讓我想想看。平常沒事，就來這兒溜轉一下，別誤了人來喚牽亡。」

姊妹們走了，含悲闔上門。裙襖散在檀桌上，床上；含悲默默摺疊著，垂著睫，嘴角浮著一抹笑意。

「你又來，——看牽亡。」伊自床下拉出一個黑木箱，打開，樟腦丸的味道竄上來，

「還不是一樣，牽亡到橋頭，」伊將裙襖擺入箱內，闔好，推入床下。而後，吁了一口氣道，「何時來的？——又在橋頭等著？」伊倦乏地躺下身去，「其實，你在半途跟上，我也不知的。」伊出神底瞪著天窗，「我從不注意路邊觀看的人。一心一意牽王嗄！」

「學校工作好嗎？」

「一樣，小孩子頂頑皮的。」伊淺笑道，「心裏放不下，——牽亡。」

「何不散了呢？」

「咦？」伊訝異底，「散了，誰來做呢？」伊側過身子，卸開髮來，輕笑道，「別談這些了。來，坐這，——」伊揉著額穴道，「昨晚，又惡夢。夢裏老是有個陌生人的臉孔，」伊苦笑著，「不，不會是父親。父親怎會是那麼無情的臉孔？」伊默想了一會，而後暗聲道，「有時，覺得父親離我好近；黃昏時，斜戴斗笠，騎著矮舊的單車，順河堤回來，污濁的毛巾圍著黑黧的脖子，雙肩軟癱下來——。」伊皺起眉頭，「我不明白，一個必須吃力地爬著鷹架，一天挑千把塊磚頭的工人，怎會拿起肩擔，嘶嘯地，參加那樣的暴動？」伊淺笑道，「『命運』，媽說，『是無可走避的命運』。」伊的裙子，蓬開來，朵朵小花。「我不懂什麼是命運，」小花，一下子擠疊一塊，隨後，又散開來。「我只要你：願你一輩子這樣親近我，撫愛我。——我多麼希望懷你的孩子，如你那樣，一出生便是豐潤幸福的孩子！」伊閃著一雙水亮亮的眼眸，「但，媽有疑惑，媽要我問你：當我的先祖們為不平與理想死難時，你的祖先們究在何處呢？」伊輕喘道，「——媽說，他們躺在雕花的，甚至亮閃的銅床！」伊痴笑起來，「一切與我倆何涉？媽真傻。先是，在河灘上飼養鴨，過大稻埕去，挨戶替人洗衣；然後，牽亡，牽亡，牽亡；供我讀書，為的是什麼？——一顆明辨是非的心靈。先祖的榮光或罪愆與我倆何涉？我們生來是清新的人！」有道光線，一直於屋角地上梭巡著，澹暗中，似是水漬的射光。「我了解媽的不平，」伊暗默了一會，平靜底道，「她要求人世間的正義。——」伊的森黑的瞳底，蘊著不安的莫名的幽光。「令人痛心的是：用積累了幾十年的財與勢，造那樣美麗的花園，然後冠上你先祖的名號；讓那名號，永遠亮在報紙、電視上，永遠響在無知無覺的人民的口中！而，那些為民族死難的靈魂呢？僅只飄泊在如我這般卑微困頓的心靈……。」

■

公司設在新烏的工廠，傳聞著怠工的消息。勞動節過後，經理萬總下鄉視察，回來後，恨恨底，「真不懂他們，勞動是神聖的啊——」萬總屁股旋搖著鹿皮椅坐，猛吸一口菸，使勁將煙霧噴向工作中的職員。「個個白痴一樣，窩在機器旁，有一下沒一下的。過去責問他們，只會回頭來咧嘴傻笑。幹，這款吃白米飯不知死活的憨人！」萬總聲腔惡狠起來，懸空向前一橫肘，要切斷誰的喉嚨似地。「就等領頭的露面，再請勞工局的人來，兩三下擺平他們！」怠工現象平靜地持續下去；夏季過了，生產量銳減五分之三。「這不是在廠罷工嗎？」董事會議連三召開，萬總邪邪地笑著，「罷工呵——。」許多猜測與謠言自工廠傳來，甚至公司的職員也惶惶不安了。

羅繼祖來邀我參加他們的小集。我訝異著。「沒什麼，」羅繼祖朝兩旁睃轉一下，低啞地，「是大學時的聚會麼，延續下來的。」我猶豫著，無意識地捻翻著桌上的報表文件。「請來吧。你懂得經濟——」羅繼祖冷笑道，「這不是經濟至上的時代麼？」

羅斯福路巷內，一家叫「中興」的四川小館。晚饍時間剛過，幾個中年伙計，明顯的內地人的臉龐，懶懶地招呼著。「房客？在後頭！」廚房過道，點著昏暗小燈，碗筷盤碟胡亂插在大鋁盆污水中，蟑螂爬在灰濕的牆上，空氣漫著屎臭味。木板樓階上頭，他們已集會多時了；四、五個人踞坐地板上，顯然，談論膠著了，陷入難堪的肅寂。羅繼祖迎過來，滿臉油亮，額邊青筋暴顯著，神經質般緊握我的手。

幾個人兀自吸著菸。樓下，傳來幾聲吆喝，濃濃的四川音腔。——終於，有人開口了，乾澀澀的，像喉頭堵著物。「我信你，羅先生。」那人鬢髮灰樸了，頰腮朝後塌陷了，細瘦的顴骨上，凸突一雙眼睛，露著哀馴的眼神。「幾個月前，你來，要大家——那樣做；我們信你，羅先生。後來，有人不耐了，你要大家忍；我們忍了，羅先生——」他恍惚底微笑起來，「我信，羅先生。我們出的勞力，值更高的報酬；我們敢站起來，就能爭取更好的生活。——我們信，羅先生。現在，淒慘臨頭了，你請這位斯文的先生來，你說，『忍，再忍！』——我就帶這句話回去。我信你，羅先生。」

「這，是緊要關頭麼，」羅繼祖斟酌著詞句，「只好，忍耐。」

「忍個鳥×！」靠牆有位粗塊頭，前額低闊，粗氣地拏過茶碗，狠狠將菸捺熄。「前進無望，退後無路，」圓瞪眼，彎起胳臂。「伊娘的，我粗牛一條命，拼啦！」

「別亂來。」羅繼祖壓低聲道。

「免操心，羅先生。粗牛，你有妻有子，拳頭捏得起來哪？——我們信你，羅先生。化工部的黑仔與葉胖，前晚值班，活潑潑的；忽然間，便衣的來了，兇霸霸的，說是抓賭，人盡逮去；昨午放回來，白蒼著臉，驚嚇得那樣！——我們是勞工人，羅先生，說來見羞，勞工人哪，不是你那般勇氣的讀書人！」

羅繼祖漲紅臉，無語著。一個披著卡其大學服的年輕人，白皙皙的，斜著身子，歪靠書桌腳，溫文底道，「工廠不是有守衛？——是那條法律，可以這樣侵入民廠？」他用小指推推細金絲邊眼鏡，溫文底笑道，「也難怪，今日，誰見『人民的褓姆』不忌讓三分呢？」

「幹！」粗牛拳擊地板，咬牙自語道，「這款沒穿制服的……」

「時勢變囉，羅先生。有些事，我怎樣也無法了解。就說他倆，本來跟粗牛幹來幹去的，現今，碰面冷著臉。還有，當初你也認識的，李敏初，運輸部組長，約好今晚一起來的，臨時變了卦，繃著臉，不理不睬的。羅先生，好比我一開口會放毒一樣。好歹活了五十年，還不曾遭人忌仇得這般哪！羅先生，這樣說變就變的時勢，什麼事能有把握？——我信你，羅先生。」

幾雙眼睛盯著羅繼祖。羅繼祖低頭沉思著。談話停頓了。粗牛吐嘆著大氣；穿卡其服的年輕人，手指於地板上來回畫著方格子，嘴角斜凝著一抹笑紋。

「那麼做，是對的。」羅繼祖喃喃道；而後，昂起臉來，「你們不是作過多次口頭的抗議麼？口頭，無行動，就像石沉大海。但，不要暴戾的做法；憑拳頭，招來更多拳頭的反擊。我們反抗，默默的，忍耐，再忍耐，表面化之無形。——請別嘆氣，粗牛，」羅繼祖比手地，聲調微微抖顫起來，「我們同船同命，互相扶持，不必言謝，也勿責怪何人；船既駛出，要奮力到彼岸，斷無重返的道理。我們一直等待這一刻：那些富貴大頭們心慌了，我們原本可以溫和的提出我們變革的心願！但，你們來，說，有人被狼犬咬了。——我不願再有人作犬牙下的犧牲！所以，」羅繼祖用熱切的眼神望過來，道，「我請這位先生來，」

「一個陌生人——」還是那樣溫文底說，溫文地笑；細金絲邊眼鏡下，冷冽的眼神。

「原諒我不作彼此的介紹，」羅繼祖懇摯底道。「你們不是看到？——金錢與犬牙，結合了！我們還有光光明明站出來的機會麼？——我們要的，早已擬寫好，」羅繼祖攤開來幾張格子紙，幾幾乎憤怒了。「喏，這上頭說的，那一點逾越了我們的本分！——我請，這位先生，傳遞我們的善意；這是兩全的辦法。」

粗牛圓睜睜地，直瞪過來。其旁，那人微攏著一頭灰髮，彷彿自語道，「我信，羅先生，我信。」

我搖搖頭，惶惑底苦笑道：

「我不知能做什麼？」

「再沒有比你更合適的人。你清楚。」羅繼祖道。

「啊？你怎能確定……」

「我信任你——不，不能肯定。我憑直覺。我替許多人——流著勞動血汗的人，信任你！」

「我同情。不過，人家總會說，這是逆叛的行為。當一切開頭時，怎不來找我？」

「逆叛？——我們怎會想及你？熟識你的人，和你碰面，看到的，不僅是你，還包括你背後——那樣『大』的家族！」

「我自己決定加入怎樣的事業。」我冷冷地道。

「不。那是命定。你必得肩負著你家族的……。最多，只能成為傳遞善意的中間份子，那是你的背景所能給予的最好的角色。」

「我不答應。」我默想片刻，而後道，「不過，我答應，我永遠是一個局外人。——我來這裏，就當是場夢；夢醒，不記得什麼。這是我可以保證的。」

我轉身離去；背後，迫人的死寂。下樓時，踩著木板樓階，足音叩叩，敲入耳膜，彷彿一記記重擊。穿過廚房，屎臭味愈加濃烈了；外頭水銀路燈瀉入來，室內泛著淡微的青光，餐桌亂了格局，椅子掀倒放在桌上，過道打著行軍床，蚊帳四邊鈎掛在椅腳上，闇冥的內裏，持續著，呼嚕的鼾聲。

一切平息下去；工廠生產量逐日回升著。「人呵，」萬總下鄉視察回來，感嘆道，「不鞭策不行的啊——」而後，篤定地吸著菸，兀自微笑著。某日早晨，一種油印的抗議書，攤放在每張桌上；上班後，有人滋味地讀著。「噁——」萬總青蒼著臉，吆喝道，「敵匪的傳單噁——。」午餐後，兩三個陌生人寒蒼著臉色，於公司內走動著；職員乖悄悄的，年輕小姐們私下對吐著嬌舌，像小學生犯了過錯般。隔日，報紙地方版上有則短短的消息，「本報收到不明傳單」，萬總特意大聲地讀著，「流氓份子意圖滋事」。隨後，董事會議宣布：精簡人事，擬裁冗員……。人心聳動著。「哎，」萬總搓著手，慈祥地，「別煩憂啊——。」有人相繼自動地辭職了，傳聞他們都另有高就。直至，中秋前日午後，董事會議最後決定：計畫改變，擴大生產；原不足人事，另增新額。——一切重返軌道：萬總瞇著眼，喜孜孜地笑了。

古世謀・一九六七

舊曆年節前幾日，家族遷居仰德大道。入厝這日，夜晚宴後，賓客逐漸散去，轎車於庭園道上噗噗發動著，廳堂外頭洋洋著道別的笑語聲，仕女們嬌聲說著最後的俏皮的吉祥話。隔著一層夜霧，偌大一幢維多利亞式建築，長圓拱窗煥亮著熙黃的燈光，一排松樹叢，修剪成圓錐狀，列在長廊外緣。「啊，」有人下了堂階，退步仰望，「多像歐國貴族的殿宇。」許多人和應著，並許為台島最氣派的屋宇。古世謀微笑地聆聽著。山霧愈加濃稠起來，一團團，綣滾開去，空氣蘊著入骨的冰涼。一輛「使」字號牌黑色轎車，自霧中緩緩駛來；另頭，一撮人以東洋語高聲笑談著；古世謀趨前，朝其中一位說著什麼，而後，一道擁著過來。「年節後，」走在前頭的那人道，「花季時，再來拜望。」臨上車前，突然想及什麼似地，那人反身來笑問道，「古桑這兒，能否賞到櫻花？」古世謀彬彬地，操著熟麗的東洋語道：

「當然，這裏適合櫻花。」

傭人悄然將門闔上，無聲地，穿過廳堂。空氣中浮游著薄淡的脂粉香味，彷似漫迴著適才喧哄的氛圍。有雙眼睛，自高掛的畫像框中，俯視這一切——晚宴中，輒有家族的朋友於其下肅穆地瞻仰。——這是家族事業的開創者，一身亮麗的東洋官禮服，手按在配劍上，斯文文的豐腴的顏臉，凸著銳厲的眼神。兩側壁上，卷展開來故國的江河萬里圖。幾個小巧帶笑的芭蕾舞娃娃，雪白樣裙裳，優雅地，凝著舞姿，散立仿宮庭議事長桌上頭——仕女們是如何珍愛地撫弄它們，熱烈猜測究是舶來自何處的產品。——靠牆，擺著高背椅座，間隔著檀木高腳圓棹；碩長大理石花瓶立在桌上，靜靜地，反射著凜冷的輝芒。管家男僕進來，輕聲請示著什麼；古世謀懶懶揮下手，兀自凝望窗外；管家躬禮退去。霧，朝窗撲湧過來，一下子散開去，復湧來，一層層網住外頭世界。中年女傭端著茶盤入來，近主人身邊，噤住，而後放在身旁長桌上，肥胖手指拎起小小磁茶壺，濃妝過的臉俯下來專注著：茶水注入磁杯，清脆脆的滴落聲。庭園，只剩幾點濛黃的路燈光；漸而，燈光亦隱沒入白茫的世界裏。

「這樣大的庭園，」古世謀回轉身來，臉上殘留著亢奮的神情。「我們將植滿花與果樹。我要我們家族的孩孫們回來，像今天，這裏就是我們的樂園。」古世謀啜口茶，繞過長桌頂頭，落坐，默想了一會，而後道，「移居，是我們家族史上的大事。一九三〇年代，我們在大稻埕，那是彼時商業中心，我們總管全台鹽業，在淡水河堤旁建了大稻埕最富麗的洋樓。一九五〇年代初，我們移居南京東路，稍舊的日式房子，但我們於庭院闢了游泳池，小小的網球場；附近公司行號漸漸多了，我們也在大馬路上蓋了十二層的辦公大樓。一九五〇年代後期，在仁愛路三段我們有了別館，鄰居是某將軍某委員的住宅。一九六五年，決定移居仰德大道了；從東瀛敦聘過來設計師，最初的洋樓，是基本藍圖，」古世謀仰起頭來，撫愛底，環視屋宇，眼光落在畫像上，嘴角凝著淺笑，出神地道，「唔，這就是我們家族的——王國。」

姆媽囑年輕的貼身女傭來，為古世謀披上金黃色、絲亮的夾袍。伊默默地彎下腰來，細心底，為主人鬆開領結：巧好的頭顱歪傾著，秀髮披散下來，烏亮亮的，上頭，浮現著古世謀白潤但已呈鬆垮的半面眼瞼。

「我不能肯定這裏是家族最後的家居，」古世謀道，「一切隨時代流轉，只要我們保持警惕，終會站得更穩。——一九四五年時，家族不是遭到一次震撼？我們過來了，而且，今天，我們有這樣美好的家園。」

「有人羞辱我，因為我是家族的子孫……。」

古世謀帶笑地緘默著，兀自拏過芭蕾舞娃娃，垂了眼睫，捏玩著。

「有人問，議事桌上何要這些舞娃娃？我答不來；但，旁邊發問那人的太太搶著說，漂亮透了，她滿喜歡！」古世謀帶著倦怠的笑容，微蹙起眉來道，「所有這些裝飾，是宋香的主意。有你媽支持伊。只有畫像是我授意掛上的。伊還堅持，庭園要種瘦小的、可憐的雛菊。你記得伊嗎？——宋香？」

「去年伊嫁時，您不是要我陪您去，您特意要我見見伊的丈夫魏遂人。」

「你不關心家族的事，像流浪的外人。」古世謀別開臉，望著窗外；隔了一會，平靜地道，「我從不諱言家族的過去。你說，有人羞辱你；但，我訝異的是，你自以為羞辱。我很安慰，你畢竟投身入家族的事業來。——對於那些叛離家族的人，先祖會寬宥他們的。我寧相信我們家族血液的遺傳：再怎樣年少時無知的背離，最後必歸返入家族的懷抱來。時間將證明，愛家族，家族必給予你豐厚的報償。——我知道你的事，所有那些我應該知道的。但，除非必要，我不插手你的事：我不是那種強要兒子怎樣怎樣的人。不過，如果你需要，——幫忙，你知道，告訴謝仁威。」

有個小女孩跑入來，一路迭喊著「香姨，香姨，」伊怔了下，滾圓的眼睛望過來，怯怯問道，「香姨呢？」胖女傭跟來，於側門旁，細聲招呼伊過去。伊跑著小步，還回轉頭來，小巧臉蛋，羞怯地笑著。

古世謀靜默了一會，微笑道：

「小孩們成天找著宋香玩。」

「就像當年，宋香和我，——我們愛找鬼叔仁威，逗趣的謝仁威。」

「是的，小孩也喜歡仁威。」

「宋香呢？」

「伊一早來過，幫這幫那，傍晚走了。」古世謀疲累似底，沉緩著聲腔道，「伊說，接伊的先生來晚宴。」

「魏遂人獨自來的。」

「是的。」

「——仁威呢？」

「有件急事，下午。我喚他辦事去了。」

「哦——。」

■

有雙眼睛，含著飽受驚嚇後，呆滯的眼神，不定時日，來到公司大廈騎樓下，靜默地，嵌在大理石廊柱內面的陰影中。頭次，撞著那眼神，心中一緊，幾乎失聲招呼了；他也察覺，眼珠溜轉著，泛起細微的哀馴的笑紋，陌生般別開頭去。爾後，真的陌生了：眼睛直瞅過來，滯呆著臉色，似是凝視著空無。

去年的風暴，餘韻猶存地湧盪著。公司加緊收購著游離小股。——有人於公司內大鬧，不願售回千分之二的股權。「沒那麼容易，」那人鐵青著臉，「我掌有公司漏稅的內賬資料。」隔日，公司付了張加倍錢額的支票，並革了那人副理的職位。六月初，新股東成立大會於公司十二樓召開，出席者僅數位，其中赫然有著省籍聞人李儒文。股東大會宣布：合組豐台企業集團。九月，第一個新建食品廠於沙鎮鎮郊動工，那兒是李氏的故鄉。

董事會敦請李氏，巡迴集團各單位演講。李氏以典雅的文言台灣語腔，先自述過去，早年書宦之家，留學東洋，習醫，而後返台來踏入政界；接著李氏強調科學的管理制與現代企業精神之不可分割，發願將自動自發的民主精神帶入企業集團來。——公司職員動容了，於底下拚命鼓掌著。將近年尾，人事管理辦法修訂了，傳聞福利條款亦在起草之中。「嘿——李儒文，」一提及李氏，人們便要這般喜悅底道，「開明者李儒文。」

李氏指名見我，在他夜宿的紫園別館。別館，位於曲折山道上頭；柏油路面反映著夜雨後漬濕的微光，機車噗來噗去，而後陷於一種山林間的闃寂。一入玄關，女中迎來，深深哈下腰，替客人換上輕便軟鞋。木板長廊，一道折過一道，外側隨著假山假池，卻有仿若溪水潺潺的流聲。紙門泰半關著，偶爾，內裏響著輕微的模糊的人語。女中於廊道盡頭頓住；紙門內裏透來嗚噫的南胡聲；女中拿眼神示意稍候，而後於紙門傍跪坐下來。南胡聲漸次低唈了，女中伸手欲開紙門，陡地一聲衰濁的男音，女中手凝在半空，男音唱道：

講甲當今囉——的世間哩
鳥為食亡人為財——呀——死
想真做人——擱著嗨嗨
死從何去——生何來噫

男音了時，南胡還奏了段尾巴，愈往低沉，終於靜止。女中緩緩打開紙門，白蒼的日光燈下，圍坐著鬢白老者，李氏自其中撐高身來招呼著。有位老漢，面向李氏，僂著背，扶著手杖，吃力地撐起身，衰濁的聲音道，「李居士既有人客，阮兄弟便來告辭；念詩一首，用贈諸位——。」其旁，兩位老漢，抱著絲絃，隨著立起身來。那老漢以詠嘆的聲腔念道：

苦雨來夜行
燈火也微微
雨絲直直落

路長夜未盡

語畢，老漢轉身過來，手杖於榻榻米上抖點著；後頭兩人默默跟上，右手扣著絲絃，左手搭在前者肩膊；三人蠕動前行，僵直著頸脖，眼窩場陷入去，露著大片眼白，死死凝著前方。李氏招女中入來，低聲交代了什麼。女中拉闔紙門。「這位者，是古府少爺，」李氏親切地一一紹介：四位穿著西服的長者，兩位是某大公司董事，一位某省國大代表，另一位某部次長。幾個人胡亂喧談一會，亦起身告辭，李氏送至廊外，而後獨自一人入來。

「我喚幾位同年來講道，」李氏一面坐下來，一面鬆開墨色袍褂的襟扣；白袷裏衣上頭，點點棕黑色老人斑。「是昔日吾家書塾的遺留，現今者，成了習慣。適才盲者，江湖的賣唱人，多年相隨，也是吾的朋友。」李氏自矮茶几底下，拿出一本線裝古書來，捻翻著發黃的內頁道，「今晚，完結了老子道德經。同年者以幾十年來行事人世間所得，俱認為老子所言者道盡人世玄機。可惜，年輕人不親近這些，他們恃一股蠻力來猛衝。不過，」李氏闔上眼皮，微哂道，「我酷愛年輕人，懵懂但易於改造，只要對他們講適足的道理。」

紙門外頭，隱約著似溪水的流聲。李氏閉目養神，闔著的眼皮不時抽搐似地跳動著。

「我請你來，同你者拿道理商量。我不希望年輕人誤解。蠻牛猛撞的破壞力，仍是可驚的；何況，無那必要。」

「您說的是。」

「原內定發表你為新建廠廠長，但我反對。」李氏微張眼皮，平板著聲腔道，「廠者，既建在地方，自當找個有才能又熟悉當地風土條件的人；——我是從那地方來者，自能找到適當的人選。」李氏嘴角牽翹著，似乎帶了笑，聲腔冷硬起來。「我了解，不可能拒斥古家份子；何況，古家是好意，古家一向是關心至微的——。」李氏頓了一下，而後道，「所以，我提個折衷的辦法：我建議發表你廠督導的身分，好比是個巡察員。」

「我無意離開這兒，也不關心這些內情，——我無意見。」

「令尊古先生是懂得政治藝術的人，他必然了解這些。」李氏睜眼，狠狠直視過來道，「令尊預先布了一著棋，預留進退，同時，施我大大的人情，——」

有人於外頭輕敲著紙門。李氏高聲應道，「啥人？」紙門拉開，女中跪坐長廊，探頭入來輕語道：

「今夜，您要留著誰？秀美或麗紅？」

李氏呆了，隨即低下聲道：

「麗紅。」

紙門輕輕拉上。李氏闔上眼皮，沉默著。水聲源流不斷，聽來似在近處，又仿若山澗裏的流聲。

「晚啦，不再打擾；多謝您今晚的美意——。」

「還有一事，」李氏闔著眼，低柔地道，「有位羅姓年輕人，持著你的名片，至吾家鄉老家自薦——」

「羅？——羅繼祖？」

「有這樣好友羅者？」

「哦，是個朋友。」

「羅者充滿熱血，說了許多不合時宜的話。」

「噉？」

「他欲說服我留在故鄉，改革地方上的事務。」李氏輕嘲道，「我勸他說，萬物者有種必然性，反抗這種鋼鐵法則，徒然浪費，順現實趨勢，取自己要的路，就是了。——然則，這年輕人是固執者；他說要留在那裏，等我有日回心轉意，——」

「您剛剛是說，要我去貴鄉，作個巡察員？」

「那算兼職。你者，仍可保留著這邊的職位。」

「多謝您。」

謝仁威・一九六八

五月十三，城隍生。黃昏，迎神賽會的歡潮剛過，爆竹碎屑落了滿街。古樸的洋樓迤連下去，人群聚攘著，夕陽餘暉映在圓拱窗上，頂壁雕飾泛遊著金黃色的光。車至鳳鳴軒，緩緩煞住，「來，看鳳鳴，」謝仁威打開車門，喜色道，「昔時人說是，南北第一軒。」旂旗，大橘紅底，墨色圖騰，自內裏羅展至騎樓外頭，刀槍棍等排場列在兩邊，子弟陣的漢子們於長板凳上歇息著。騎樓外緣，有個夯裝的中年男子，回頭嚷道：仁威大仔回來囉！而後趨迎上來，握抓仁威臂膀，熱絡地搖晃著。「我帶古家少爺回來看看。」子弟們湧出來觀看，敬肅帶靦腆的神情。仁威道，「趁城隍好日子，討平安。」中年男子一面請讓著；仁威滿臉堆笑道，「還忙，不多逗留，」一面自西服內裏，拿出紅包，塞入對方手裏，「古家一點意思。」仁威朝眾子弟拱手，豪氣地大聲道，「改日回來，各位兄弟攏聚來，喝杯酒！」

暮色已呈灰暗。街路中，無數黑褐人影晃動著，人聲喧呶一氣，聽不真確什麼。驀地，有人於這邊高喊：亮燈！亮燈！前邊有人呼應著；矄暗裏，亮燈的喚求高出一切，甚至更遠的那頭。噪聲一下子寂滅下來了，人們冥默地候著，大人跐高腳跟凝望前頭，僅只老婦猶在口裏叨念著什麼。突地，瞬間，燈亮了，嘩——，眾口交相發著一聲嘆息。鼠灰色天幕下，兩排一百燭光燈泡，灼亮著吊在半空，風來微動；祝籃祭品擺滿了供桌，沿街路兩邊，一張張展接過來，人頭於其間鑽動著；愈近廟頭，一隻隻肥大豬公，翹著鼻嘴，伸向金碧輝煌的廟裏。廟口，幾個婦人圍攏來兜賣香燭金箔；有個孩童夾在其中，赤了腳丫，學服的扣子散脫開，小手緊捏著一束金箔，朝上直直舉伸過來；陡地，另個婦人搶入來，孩童被擠開去。——祭壇上，灼爍著無數燭火，黑色匾額上題著金色大字「代天巡狩」「其盛矣乎」「毋自欺也」，火光幌影中，神像格外栩栩如生。有人跪倒蒲墊上頂禮著；更多人潮湧向油盞旁，燃了線香，復擠著出來；空氣中迷漫著濃密煙味，不時將人熏出淚來。仁威背剪手肘，自正殿巡至側宇；天上聖母城隍夫人註生娘娘，而後是義勇公；香爐插滿線香，幾支掉落外頭，仁威彎腰撿拾起來，湊近眼睛，拂了灰塵，復插入煨燼裏。側門櫃台，坐著幾位執事，兩三個老婦惶惑地問詢著什麼。油香錢櫃已八分滿了；有個懷孕的婦人過來，羞腆地，將百元錢鈔摺成長條；塞入去。謝仁威默默看了一會，眼裏帶著笑意，而後踱近櫃台；一位年老的執事慌亂地站起來，撇開問詢的人，招呼著。仁威緩緩拈出紅包，祥和地謙笑道，「城隍爺保庇，古先生添油香。」年老執事忙繞出來，微欠腰，於仁威耳邊嘟噥著什麼，一路恭送出來。

木偶戲正擬開演，唱機音量扭至極大。隔鄰，歌仔戲台空無一人，有什麼物體貼在布景後頭蠕晃著，宮榭亭閣俱抖動起來。洋樓商家浸於一片酣鬧中，筵席自甬道擺至騎樓下，豁拳聲此起彼落著。仁威一連拜會幾戶人家，熱絡地高聲招呼著入內，而後跟主人把臂喧笑出來。街路向西，燈光逐漸淡黯。幾家木板磚房，店面堆滿雜貨，簷下過道陰鬱鬱的，襲來一股醃菜與大蒜味道的混合。轉入巷子，一排廢置的樓房，葛藤爬緣樓壁，陰暗中漫著一大片。有道圍牆，折過轉角，跨著兩邊；仁威於轉角處大門旁停足，踮高腳來探看內裏；巷路燈光透過暗昧的樹叢赫然映畫一幢高聳的維多利亞式建築的輪廓。「守屋的人不在。」仁威自語道。圍牆對邊，一長間土灰石塊砌成的平房，木門洞開著，地上散陳著鐵材鐵屑，幾台機械立於敞闊的屋內，迎人發著烏亮的油光；其旁，有間傾頹的樓房，斷垣上凸露鋼骨，危危吊掛著水泥磚塊。而後，巷道漸窄，兩邊盡是矮陋的木板搭築的平房了。

暝暗中，隱隱逼來一股溲臭。有個老頭於公廁前理著腰帶，一面愣愣瞧望過來；擦身時，老人似是認出仁威，一手抓著褲帶，一手微伸，親切又靦腆地嘻嘻笑將起來。仁威掩鼻急急走過，熟悉地折入另邊巷道。「這是過去老厝，」整排木板矮屋，風漬成褐黑色，幾乎分辨不出門楣來，「我入內看看，」仁威躊躇著道，「請進來吧。」

前堂，二尺正方大小，似乎堆擠著什麼。「人都看熱鬧去了，」仁威摸索著燈源開關，冷不防踢著什麼物體來，「小心地上木塊，」仁威平板聲道，「家兄是木刻師。」甬道通往後頭，陰暗裏散著澀重霉濕味。半數有道窄小開口，洩著昏晦燈光，一道竹梯直掛下來。仁威攏了下西裝褲管，兢兢地攀上，燈光烘襯出微微福胖的身影。

半樓不到半人高，胡亂疊著木塊，空氣中悶著朽腐味。靠裏平躺著一個老婦，蠟黃的臉腫胖著，汗污將白髮糾黏成一條條，披在黃漬的枕上。

「阿母。」仁威移膝過去，啞著聲道。

老婦蠕著手，吃力地將褥子扯至胸口。暗紫色碎花點子，在漬污的白褥被單上，異常凸顯。

「阿母，是我，威仔。」

老婦微睜眼，空茫地瞪著燈泡，又懨懨闔閉眼去。

「我，威仔。——我帶古家少爺來看妳。」

老婦緩緩轉過浮腫的臉來，好一會，眼珠在窄細的眼眶中打轉著。

「您是阮厝的恩人哪，咳。」伊強撐高上身，喉頭抖著咳氣，手指顫危危地指著仁威。

「天保庇，阮，阮威仔自小，咳，受您老爺栽培，哦咳，」伊皺縮嘴巴，唾出一口濃痰來，

「您是阮厝的恩人哪，——」

「少爺知啦！」仁威吶吶道。

「請，咳，請您老爺，過，過來阮厝坐，哦——咳！阮威仔，咳——」

伊更使力撐高身，彷彿微笑了，層疊皺紋牽扯開醜恍的顏臉。仁威默不作聲匍近去，捋著伊細癟的肩膊，將伊捺回枕上；伊順勢緊緊搯攥仁威的臂肘，激烈地喘咳著，身子抖簌起來。

「威，威仔，在外要乖——巧，聽，咳，聽古——老——爺的，話。咳，威，威仔——」

仁威俯下臉，衝著伊，低聲迭道，「好，好，好，——好啦！」伊幸福樣笑了，發著嗄嗄的喉音。仁威替伊拉好褥子，默默匍過身來，臉背了光，鼻脊至顴骨間一片黑陰。

半樓下，仍浸漬於闃闇中，依稀有著水龍頭水滴落水盆的滴響。前頭木刻作坊泛著微淡青光，彌勒佛摀著肚皮笑嘻嘻地，觀音菩薩垂了眼睫靜靜盤坐。仁威反手拉上門。

穿過一段違建矮屋，便是暗褐的河堤。淡水河面射著青冷的幽光；對岸，燈火疊連一片，隱隱著哄哄不絕的嘈聲，瞇眼望去，似團喘動不安的光焰。

「伊不肯遷過我的樓厝去。伊說，生在大稻埕，死也死在老巢。」河堤下有條土泥路，水草沿著路徑漫開來。「半樓原是儲放雜什，伊強要搬上去，」仁威幾幾乎悻然了，「說是，接近西天——。」凝神細聽，闇昧裏有著各種蟲鳴，一分神，它就消失。仁威靜默了一會，輕喟道，「你不在此長大，對這裏沒有感情。」

「我在此出生。」

「是；未滿月，即從古洋樓搬至南京東路去。」

「誰看守古樓？現在。」

「扁頭老仔，——扁頭叔，昔時，阮叫他扁頭叔。小時，古先生和我在這河邊玩，他總跟來照看。」

「我阿公使派的？」

「是。老爺派他照看古先生，再派人喚古先生回去，——我也跟著去。」

「阿公是嚴肅的人。」

「是，」仁威凝望著對岸燈火，出神底道，「古老爺是有——分——寸的人。」

有個小孩傴彎著，於水草中搜拾著什麼；土泥路邊有個畚箕，內裏蝸牛蠕爬著。河心，一葉竹筏，曚昧中，不知撐向對岸，或是朝向此來。跨河大橋橫懸淡水河上，河面倒映著巨大的黑影，引擎聲喇叭聲此去彼來著，大群水鴨於灘邊黑影中深深酣睡。昧暗裏，有個婦人曲弓腰背，用勁剁著什麼，——凸出一切溷淆之上的，是蝸殼的碎裂聲。

橋基底下幽陰陰的，水銀燈洩開一弧慘淡的光，周遭躲著無數暗影。有人於簷下哼唱著都馬調子，低矮的門楣外頭，歪掛著歌舞劇團、牽亡歌隊以及各種陣頭的招頭。仁威於橋墩旁暗影中駐立：筆直望去，燈火通明喧鬧著的街心，彷似框圍著黑邊的、金黃色調的、寧謐的畫面。——兩三家旅社招牌浮現畫面邊緣，依稀有人影於其下晃動著；有人相偎著自其中走向暗影來，絲白裙裳於淡暗中款款擺動著，胸口一朵雛菊，擠在緊緊依偎著的軀體中間。

「啊，是——」

「別動，看。」仁威冰冷地低喝道。

突然，人影自四周襲掩過來，雛菊被扯開去，似乎有人拏著棍棒，暴戾的喝打聲衝破靜謐的氛圍；迅即，人影四散開去，雛菊愣在一邊，地上俯臥著一具男人的軀體。

轎車於橋口等著。謝仁威打開車門，沁涼的冷氣撲面而來。車過圓山，入仰德大道，謝仁威扭開音樂，是柔和的東洋小夜曲。

「古先生疼宋香，」車子爬高，燈海自車窗外蔓延開去。「他要獲知一切細節，——他怎樣傷宋香的心。」謝仁威蹙起眉來，「我憎惡血腥。多年了，那些市井之徒，還是嗜血的禽獸一樣，那樣認真，使盡蠻力，擊打一個陌生人。」

「就像小時，你對我們說的故事一樣。壞人找上門來，你就挺身出去擊打他們。」

謝仁威沉默了一會。「我們早已脫離那個時代，」謝仁威柔著腔道，「如今，我們有理智的、祥和的辦法。」

「你不是說過？有些天生的，血液裏的，東西，想忘也忘不掉！」

「我們曾給他機會。」謝仁威冷冷道，「但，他說他是年輕的，充滿正義的讀書人。我說，我們了解，我們向來尊敬有知識的人。——他的作為，不是叛離了祖先的道德守則？——不過，我們不計較過去，我們只看重未來的和諧。只要他答應，放手，家族豈是吝於付出酬償的？但，他激動了，他說，絕不對任何邪惡勢力低頭。」謝仁威微微笑了。

「我何必知道這些？我——」

「你不是家族的一員麼，」謝仁威道，「這是進入家族事業必經之道。——你必須學習：古先生不多話，但他知道一切。」

「這樣暴力，不是早就消失了？我，我們——」

「不。暴力永遠存在的，無論那個世代。」

■

初去沙鎮，一入海線公路，就見著李儒文：木麻黃樹幹上，電線桿、騎樓柱上，——競選海報上的李儒文，慈祥朗落的神情，嘴角掛著輕謐的笑。剛抵鎮郊，車子阻頓成了長龍；

遠遠前頭熱喧著什麼，鞭炮聲四起，多架擴音機嘶嚷一氣。馬路前方，高高橫懸金色牌樓，車龍牛步般迫近，終於，上頭字眼分明了：鄉土的光榮，大家的儒文。

鎮街中心，進行著私人政見會，講台正在李氏競選辦事處斜前方。候選人有著尖鼻子，方形下顎，肩披紅布幅，義正詞嚴地聲嘶著什麼；李氏的宣傳車成半圓狀包圍著，擴音器揚向講台，聲音雜沓一氣。人們聚攏著，帶了狡猾又快樂的神情，前後覷觀著。每隔一會，李氏的宣傳員便要這般聯結尖喊道：李儒文！李儒文！李儒文！聲量壓住一切，人們一下子回轉頭來興味地瞧著；台上講者瞬間愣住了，厚厚的嘴唇掛落下，而後，比手畫腳激動起來，憤忿地咒罵著什麼。辦事處前頭擠著一班人，拉直頸子，手肘插在胸前，觀戰者；李氏的助選員帶著股得意勁兒，忙進忙出。廳堂正面壁上，大幅李氏半身像，兩旁對聯寫道：人民的喉舌，社會的棟樑。

有個嚼著檳榔的粗壯漢子把守著側門，狐疑地盯瞧過來，粗聲索了名片入內通報，復出來唯諾地請讓著。室內亮著一只枱燈，窗簾緊緊閉闔著；李氏就著燈讀著什麼，左右兩位西服筆挺的中年男子弓下身來候著。椅背後頭，站個冶豔青春女子，玉手於李氏肩骨上來去揉捏著；中年男子不時欠腰說明什麼，李氏哼哼嗯嗯地應著。隔會，李氏決定了什麼，打發兩人出去。

「隔個幾年，就得拖磨這麼一下。」李氏反手捉住女人纖指，引著伊按揉頸背。「再一次者，這老命就休！」

外頭嘈聲透窗入來。女人手勁似乎重了些；李氏闔眼，微皺眉毛，嗯哼聲高昂起來。每隔一會，飄來一組吼聲：李儒文！李儒文！李儒文！聲音雄壯有致。

「民主就是如此者，」李氏微晒道，「人家有講話的自由。我們也有講話的自由。」

「家父要我代向您致敬意，祝您馬到成功。」

「豈敢，豈敢，」李氏呵呵笑道，「令尊古先生同我是知己者，客氣！客氣！」

擴音機驀地寂滅下來，緊接著一股爆笑，有單只擴音機尖聲抗議著什麼，噓聲紛起，兩三道人聲凸突著道：甭吵——，甭吵啦——，擴音機嘮叨著抑下去，——似乎有人對口說著相聲。

「請問來者何人？」

轟笑聲。

「阮，台灣沙鎮人氏，李府四代子孫是者。」

「來此何事？」

「聞貴地熱情，阮特別自台北溫泉間趕來，湊一腳來者。」

轟笑聲。

女人鎖了彎眉，玉手停在半空，腥紅嘴唇怔怔張著。

「喔唷，後邊這位妖嬌美麗查某人，是——」

轟笑聲。

李氏鐵青著臉，一言不發地，揪開一角窗簾。

「這——」

轟笑聲。

發話這人著了墨色袍褂，頭戴報紙捲成的小丑帽子，老人樣駝著背；後頭跟著女子，胸口開得恁低，手裏提個花布包袱。

「這怎樣？」

問話那人頭戴破舊斗笠，褲管捲至膝頭，裝扮成莊稼漢樣子。人群中有人高聲呼哨著；那女子羞得將包袱一擲，手遮了胸口，蹬蹬奔下台去。

轟笑聲。

李氏忿然摔下窗簾，反身來咬牙啐道：

「可惡者啦——」

「這，是阮——牽手者。」

李氏重重摔坐椅上，拳頭使勁握捏得抖動起來。掌聲與囂叫聲交織一片，——大約相聲者下台鞠躬了，宣傳車上擴音機又嘹亮起來，胡亂嘶扯著什麼。

李氏板著臉沉默著，闔著的眼皮迅急跳動。女人先是手足無措地愣在後頭，繼而，試探地輕捻著李氏後頸髮鬚，而後小心地輕撚慢弄起來。

「剛看到羅者啵？」李氏陰惻惻底，「天才羅者——」

「羅？」

「你的好友羅者，」李氏曖昧底冷笑道。

「啊，裝扮您的——，那人就是羅繼祖？」

「小丑羅者。」

——再去沙鎮，凜冷海風一路嘶打過來，濱海小鎮彷似陷於半冬眠中，店面人家只開著窄小門面，騎樓下，偶現幾個人影，轉瞬不知轉入何處。沙鎮散發著一種寂寥的氛圍，縱貫路上車子呼嘯而來，呼嘯而去，有時西面傳來火車啟動的叭嗚，而後便是無處不到的海風的飆聲了。

公路至鐵道間密集住家。李氏故居位於更東邊的丘陵地段，青中帶紫的四合院平房，門窗敷著塵灰。有個老嫗自側門探頭出來，嘴巴蠕說著什麼，檳榔樹林的嘯聲遮沒了一切；老嫗跨前半步，一手扶門，一手拏高手杖抖地指向遠天，嘎嘎笑著。檳榔樹外緣，有道荊枝編就的矮籬，籬外，迤展開去枯黃色的田野，燒炙後的焦土，遠看是一窪窪深陷的眼窩。有人自田埂中來，繞過竹籬：莊稼漢模樣的中年人，帶著枕朴的笑，「老頭家無在哪，」又急又盡是上聲的海口腔，「頭家嬸怕生！」

工廠設在通達海濱道旁，遠遠便瞧見招募男女作業員巨幅張貼。「敝姓余，余資奇。」新上任的副廠長有著惹眼的方形下顎，鼻子刀削般直凸著。「你所知，廠長出國考察去了。」廠長是李氏宗親，城裏工商促進協會理事長。——余資奇謙讓道，「請別客氣。」

余資奇簡報著工廠業績以及第一個十年計畫。「十年後，這邊的生活水準，必如今日所見日本國彼邊的生活水準；如此，流行於過去彼邊的民生食品，十年後必然流行於台島。」余資奇說話分明，偶爾停下來思考時，厚厚的嘴唇便掛落下來。「我們工廠可以作這引進的先鋒。譬例來講，速簡食品、蘇打餅乾、紙箔包裝的果汁、酸酵乳液等等，於彼邊是發展到最高峰，彼邊設計者挖空心思開創更奇巧的食品，過去流行的現今即將面臨被淘汰的命運。

——這點，正是我們大好的時機：我們以合理的價錢將彼邊工廠整套機器和技術盤買過手，利用本地廉價的勞工，配合經濟起飛中漸漸看好的消費市場，頭三年打廣告時期，第五年進入穩定狀況，七八年後必然成為台島百姓的嗜食品。——所有這些都是可以按算，妥當的，光明的未來。」

余資奇帶領著巡看廠房。男性領班者過來招呼；泰半是女子，回過頭來睃轉一下，又淡漠地工作著。機器嵌著銅亮的日文出廠標記，「這是名廠品。」余資奇帶了珍愛的語氣道。包裝部門有道運輸系統停擺了，領班猶豫地猜測說，轉軸零組件必須更換；余資奇歉笑道，「機器嘿，小毛病難免。已電催彼邊機械師來，說來還是他們熟手，」余資奇手指輕撫著機身道，「當初契約就言明，畢竟是中日技術合作。不過，像這種名牌，好好保養，十年二十年，當無問題。」

廚房開來豐盛的午餐。余資奇筷子指著炸蚵仔道，「來，海口人說這最滋補。」兩位廚師，四十歲年紀，內地人模樣，帶了嘻媚的神情上菜著。余資奇嘗了一口生魚片，嘖嘆道，「外省人的手藝！哈——，別以為他們只會家鄉口味，來，吃吃看，日本味的妙處，他們都熟透了！」

「工廠有無阻難，需要董事會解決？」

「無，」余資奇挾著一塊生魚片，頓了一下道，「合作嘍，是當局政策，鼓勵有加，基本上無什麼不能解決的事。——何況，」余資奇肅然道，「一切有李先生主意。」

「剛才先生拜望李儒文先生，擬向其請安。」

「李先生不在，」余資奇認真地道，「大事業纏身的人，那能待在故鄉？——難得的是，一切在李先生的把握之中。」余資奇默想著微笑起來，「這，也是你所知。」

「哦。——上次看到你是在大路邊，想不到今天有幸能在廠內再見你。」

「哦？」余資奇訝異著。

「當時，你在路邊演講，口才和今日一樣好。」

「嚄。」余資奇恍然了。

「那樣講話的模樣，真是風光呀——。」

「扮個姿勢罷了，」余資奇懶懶地道，「傳統上，黑派必得有人出來對抗李先生。你所知，李先生是紅派首領，又是議壇元老，聲名透天，豈是撼動得了的。」

「我碰巧看過你的競選傳單，有些意見說得真好。」

「下頭的擬的，」余資奇靦顏道，「那陣子，好像著了瘋魔，大家說著平常不說的話，像是一股潮流，不得不勉強附和。」余資奇凝重臉色道，「我十分失望，競選啦，政治啦，都是無聊與無望的，原本有點明晰的理想，那樣一攪，什麼都不確定起來。」

「哦，——」

「多數人為了私利，其中更陰謀者，借用我的名義，說過分的話，做過分的事。你所知，當選一切好了了，不然，就像落水狗。」

「說來，有一點應該慶幸：若不是競選，工廠怎知來器重你這樣的人才？」

「是啦，」余資奇讚嘆道，「李先生是寬和的人。當此時庇蔭我，恩情好比再生父母。——」余資奇忽而想及什麼露著稚嫩底欣羨的眼神。「李先生不時提起令尊大人，——古先生是光復後頂真出色的人才，這是眾人所知。」

「哦。」

「個人事業政治事業配合得自如完滿，先知先覺者也不過如此罷！」

室外傳來微弱的鈴響聲；之後，陸續有著工人自窗邊經過。余資奇挾了盤中最後一塊生魚片咂入口中，「只有我們這樣工廠沒有午膳的問題，」余資奇鼓著左頰腮，殷勤地道，「每人發一、二包速食品，既經濟又實惠。這點，其他工廠可以向我們看齊。」余資奇和了一匙魚頭味噌湯，「這樣囉嗦費工的吃食習慣，早就應該改除！」原本灰色的工作服，透過深咖啡色玻璃窗看去：一團團，鹹菜乾顏色般，無聲晃過的人影。

「有位羅，羅繼祖，不知——」

余資奇愣了下，嘴唇掛落下來。

「不知他在何處？聽說——」

「我不知。」余資奇冷淡道，「不過，必然跟廖仔青混在一塊。」

「廖仔青？」

「廖青，羅仔的好朋友，走避去廣興。」

「廣興？」

「山尾頂鄉落。」余資奇冷笑道，「選舉後，李先生派人找他倆算賬，——早就竄回去山頂老厝！」余資奇啐罵道，「廢物！」

「羅是過去朋友，廖青我倒不識。」

「你見過的，」余資奇憤憤道，「裝扮成庄腳人那人，就是廖青。」

廖青・一九六九

鐙鐙鐙鐙吋吋鐙——另——鐙。戲已開演，小鑼打著點子，老生邁出上場門，穩住身子，亮相。滿堂喝彩聲。魏遂人未來。隔個空位，穿著白底墨荷旗袍的婦人，閒閒打著手扇，脂粉香味斷續飄來。老生念了定場詩，又道口白，唱罷西皮原板，小鑼聲碎緊起來；老生雙手抖袖，前邁兩步，驀地轉身，下場。滿堂喝采聲。魏遂人未來。

「請翻翻這本紅皮小冊，你看，每隔幾頁，抬頭列著一個人名。——這些是家族最親密的朋友。

「你去拜訪這些朋友，今年。這是古先生的意思。他們必須知道，你已深入家族的事業，見到你，如同見到古先生——整個古家家族。」

四龍套引著淨角上，唱西皮散板。零落地，有人入場來，大剌剌地與人打著招呼，道地的山東口腔。老生又上，唱流水快板。婦人手肘擱過椅把，手腕套著一環青玉，暗地裏射著柔藻的幽光。魏遂人未來。老生頻頻冷笑，嘿——嘿——嘿。鑼鼓激緊，老生唱罷，右手水袖左右一擺，前邁步，左手提衫，右手緊抓水袖，轉身，高抬左腿，下場。滿堂喝彩聲。魏遂人未來。

「我們熟悉這些朋友的喜惡，包括他們的生活細節。大部分人已經定型，只有少數幾位仍在晃動中。魏遂人是後者，偶爾會有出人意料外的舉動。——家族原不要這樣的朋友。但，古先生說，魏遂人知道感恩的，如今人家看到他有一個正統的婚姻高尚的家庭；何況，如魏遂人那樣的職權與影響力，不是容易找得到取代的人。」

「這些朋友，——每個人的生活裏都有隱密的，屬於個人的，見不得人的黑暗地帶。我們熟知這些；而且，我們讓這些朋友知道，我們善意地替他們保留著他們的祕密。——這是讓這些朋友緊密地跟家族聯結在一起的前提。」

走哇，老生咄喊道。幕內眾聲應道：嗐！後排觀眾跟著起鬨，直著喉嚨：哇——嗐！有人起座離去，髮髻高挽，露著頎美的頸項；後頭一個中年男人跟上。老生唱西皮搖板。走道兩旁一陣騷動，幾人蹺高屁股欠了背招呼著；女子默默頷笑，男人昂頭，面相威嚴，淡漠地回應著別人殷切的招呼。魏遂人未來。老生道盡口白，唱西皮快板，鑼鼓和著胡琴板槽，逐加淒緊。前排有人回頭來，跟婦人悄語著什麼，婦人湊過頭去，噗哧一聲，捏了手扇作勢打人，耳墜子閃晃著銀白白的光，再湊前去，嬌聲說笑，悅耳的吳儂軟語。老生聲腔拖長再拖長，使勁拔高，鏘然頓止。鑼鼓蹦蹬鏘，老生右手水袖猛朝上一翻，貼至後頸，勁轉身，抬左腿，蹦蹬鏘，下場。滿堂喝彩聲。魏遂人未來。

「當然，我們還得加倍誠摯地表示家族的善意。——人名底下不是有連串數目字？那些數字，在某些時刻，悄悄地移存入朋友的戶頭。」

「每年元月，我們拜訪魏遂人。不，不用電話。我們得主動為朋友設想，不留下任何有形的痕跡。甚至，我們不到朋友府上作私下拜訪；有些朋友十分惜愛家，他們把某些事——他們認為污穢的，擋在家外頭。我們不計較這些。只看朋友怎樣辦事，不管他們怎麼想。況且，有更合適的，彼此見面會心的地方。」

「只要去見魏遂人，在一定時日，一定地點，不需帶任何東西，只要帶著友情的微笑。當對方眼睛和你相接的剎那，他就明白我們已支付了家族的善意，然後，說話也好，彼此啞著也好——好些朋友，帶濃重家鄉口腔，說著什麼也不知道。——彼此友誼再度確定了。你可以馬上離開，或者你留下；這些已是無關緊要。」

淨角上座。旗牌帶同四朝官上。老生於簾幕後唱西皮翻板，空——鏘，老生提衫上場，邊唱邊走，至台上，右手倒水袖，轉身，上看，唱西皮原板：

下席坐的是（轉快板）奸曹（哇）操，上坐滿朝眾群僚，元旦節與賊箇不祥的兆，假裝瘋魔罵奸曹，我把這藍（哪）衫來脫掉。

老生擊鼓，鼓音相競。鼓鐘自鼓心躍起，分向兩邊，巡鼓，鼓音密沓，陡地，自鼓邊躍回，重擊鼓心，觀眾屏息，鼓音節節升高，再高……。

「你可以在某個上海澡堂看到魏遂人。九時半以後，魏遂人會轉入後邊小巷。如果你去，像你這樣年輕清俊，黑暗中會有不少男人拿發亮的眼睛瞪著你。不過，除了第一次，我們不去那地方；我們選擇讓人心安的亮光光的平劇場。魏遂人對某個專扮淨角的名伶有著莫大興趣，多年來，幾乎癡迷一般的。」

「我們事先訂妥座位。你去，靜靜坐在魏遂人旁邊。當然，你願意為那名角多鼓掌，魏遂人會發狂樣歡喜的。」

淨：列位大人，小子罵老夫奸，老夫奸——在——何處？

眾官：丞相乃是大——大的忠臣。

淨：忠臣？

眾官：忠臣。

淨：呵，哈哈哈。

「我們尊敬這些朋友。雖然，他們多不是商場中人，但他們具有某種商場上的正義：在某個適當的時機，他們恰當地回報了我們的善意。——古先生喜愛這些朋友，除非外在情勢大變動了，友誼將永遠繼續下去。」

「你去拜訪這些家族最最親密的朋友，設法喜愛他們，至少，尊敬是必須的。」

戲了，眾角謝幕，掌聲渲染開來。走道上，有人使勁鼓掌著，一溜令人舒坦的水青色西服，寬廣的額頭，梳得服貼的頭髮，舉止間自然散發著一種廣大的土地孕育出來的氣質。掌聲弱去，這人望過來，瞬間，眼珠訝然一轉，亮睜睜的，撲攫過來一般；倏地，眼神熄掩下去，露著柔濛的光澤。淨角再度出來謝幕，魏遂人劈劈叭叭鼓起掌來。

■

「嘴張開，再開。」

「痛！」是個叫吳淑世的長者，三五日便踅來看病。

「嘴開！」廖青平板著聲腔道。——白皙皙的臉，細金絲邊眼鏡，昔日卡其大學服底下的身子，而今裹著醫師的白袍。

廣興，在一片廣瀚的茶田中，聞說這樣的村落，因栽茶而存在；山上森林遊樂區興盛後，商人於村郊築起漂亮的茶莊。客運招呼站位於唯一的老街上，高宇的木板建築，殘褪了，留著空敞的停車間，黃土泥地凹凹凸凸的。有間窄小的側房，昔時可能作為售票亭的，如今是廖青的牙科診所：靠牆勉強擠張長板凳，器械連著座椅幾至占了全部空間。

「別再拖延了，」廖青敲著病人的牙床道，「下次來拔掉。」

「憨仔——」吳淑世揶揄道，「你讀書是讀到頭殼頂？有蛀齒，人家攏用補得好，你仙講得拔掉，呵。」

「伯仔，你不知，」廖青認真道，「像你這般，補一時，好一時，再發作，就抽你老命！」

「憨仔，呵呵！」吳淑世訕笑著。

「講我憨，你老仔才是憨神。」廖青扳著吳淑世下頦，一連換著塗上幾種藥水。「什麼四健會啦，換帖會啦，透早掃一段街路啦，過年過節捐幾斗白米啦，唉，憨神就是這款啦！」廖青嘲道，「自己蛀齒蛀得這樣，不知拔掉，補，補，補，補到何時？」

「講啥？」吳淑世坐直身子，臉色都變了。

「廖——，別亂講話。」羅繼祖放下報紙，插入道。「蛀齒，本來用補得好。」

「是啊，牽扯一大堆，」吳淑世臉色緩和了些，摸著一把老臉，悻悻道。「你也是不曾到過阮厝，連縣長得親自到阮厝向我謝多謝，錦旗掛滿一壁，你也不是沒看見！」

「有，有錦旗滿四處。」廖青心不在焉著，「沒希望的爛懶人才會死直直去補——」

「你還能怎樣？」羅繼祖興味起來，逗趣道，「牙齒生在人嘴內，主人不答應，除了補，你還能怎樣？」

「橫直講不通，」廖青比著白鋼夾鈎子，齜牙朝吳淑世唬道，「強拔掉！」

「愈講愈不是樣，」吳淑世老臉掛不住了，站起來，「多少錢——」

「免，」廖青漠著臉色。

吳淑世愣了，掏出拾元票子來。羅繼祖站起身來，打著圓場道，「免啦，淑世伯，替您服務。」

「講到你們這些讀書人，哼——」吳淑世搖晃著腦袋，走了。

客運班車駛近來，門窗抖顫著。大約是上山旅遊的青年吧，和唱著哀怨的情歌。幾個村嫗各自帶了肩擔籮筐，擠在車門；車掌大聲抗議著；車子噗動了，老嫗默默退下來，望著遠方，繼續蹲候著。

廖青收拾了器物，吁一口氣，於病人椅座上坐下來。

「假使你是病人，」羅繼祖拿開報紙，微笑道，「蛀齒痛著坐在那裏，你要人替你補呢，還是拔掉？」

「看實際情形，」廖青煩躁著，「該拔就拔掉。」

「可惜，人家不答應。」

「牙齒長在他身上，他就有任其蛀爛腐敗的權利嗎？」廖青道，「無知的、自以為是的人，什麼事都要弄得這樣腐爛了，才找醫生，又不信醫生。」

「唉，別談吳淑世了。」

「不談吳淑世，該談誰？」廖青忿然道，「吳阿淑世，進步，開通的草地紳士；人家這麼說，他也自以為是。——到處充滿這樣的人，還有什麼希望？」

「不談這些麼。」羅繼祖坐不寧，挪了下身子，眼睛望過來。

「不用逃避，羅仔，」廖青瞧過來，帶著曖昧的笑容道，「古勝雄在這裏會讓你這樣畏縮不安嗎？——那時你信任他，何以現在避諱他？」

「別理他的話，」羅繼祖歉笑道，「勝雄。」

「你就是這樣，滿是莫名其妙的人味，溫情。」廖青道，「你相信這樣就能為那些腐朽的心靈注入新鮮的契機嗎？我不相信。——只有當頭棒，才能喝醒他們！」

羅繼祖皺縮眉結，一會，冷著聲腔道：

「我說過，我對激烈的行動，不存幻想。」

「暴力是無可避免的。」

「我張開眼，只看見：遍地血腥……。」

「為什麼你老看到事情的背面？——啊，」廖青冷嘲道，「善良的，軟骨的，人道主義者。」

「是你自己一人去，——革命麼？」羅繼祖漲紅臉，聲腔昂揚起來。「你趨使許多人；

人的偷竊、謀殺、嗜血等等向下墮的劣根性，是促成你那樣行動的原動力。——你竟也會用到『人道』這個字眼。——我無法預說你的行動會怎樣的遠景，但有秩序的生活讓給粗俗的暴力是可以想見的。」

「我們爭論什麼？我們自小讀過辛亥，黃花崗，——你儘管誣篾吧，但你正共享著革命甜美的果實。」

「甜美？是你說的，甜美。」羅繼祖躁熱地立起身來，踱近門邊，村婦們好奇的眼光射過來。「為何又要棄掉這些甜美的——不，不用說，我知道你的理由。——甜得膩了。朽爛了？——革命是必須的，好的，但，一次就夠了!!為何你這樣迷信……」羅繼祖停頓下來，手打著圈子，費力思索著詞句。「你讓，——革命竟成為一種習慣麼？你提及，歷史，我們讀過的，——為何你沒讀到：混亂，流離，饑荒，殺戮，痛苦。這是無法想像的，我們卻清清楚楚讀到了……。人活著，是用來做這些事……是麼……」

「你，啊，這是怎樣一顆腦袋！」廖青微笑了，帶著狡猾的神情。「反抗，你不是一再這樣說，反抗，推倒壞的，立起好的新的。現在，畏縮了，仍要反抗，不過，要控制自己，適度的，恰到好處的，——你究竟畏怯什麼？或是，你想說：我們必須回頭了。浪子回頭，總是惹人憐愛的。我想起余阿資奇。」

「我已忘了誰是余資奇。」

「被忘了的是你，羅阿繼祖！平時躲在庄厝內，閒時來這裏懶散誰是羅繼祖？」廖青道，「走離都市時」你寄望小鎮，走離小鎮時，又寄望村庄。好，現時我天天接觸這些樸實的，泥土味的，有希望的庄腳人，最好也像吳淑世一般的庄腳人。我又想離開了；你說，這次我們走避至何地？深山林內？不，不再走避了，我要回去，反抗，徹底的，——」

「我也一道回去！不，不行。——你不能回去，」羅繼祖低啞地，「這裏需要一個牙醫師。」

「庄腳人善於走路的，鄉衛生所也兼療牙齒。」廖青凝眸著門外，自語道，「我回都市去，那兒是靶心。」

兩輛客運班車於門前交會。開往城市的班車先噗動了，一位穿著窄褲管敞著襯衫扣子的年輕人，帶著一臉鄉土氣，提著行李包，吆喝著趕上。對邊，有個老嫗勉強擠上車，其餘默默扛起肩擔，朝外方走去。

「有個人常來公司大門前等候，睜著尋人的、熱顛的眼睛。不知你們是否記得，這人。」

廖青冷默著。羅繼祖愕異地瞧過來。

「我老記得，繼祖，他尊呼你，羅先生。——我信，羅先生。」

「啊，」羅繼祖驚呼道，「是張老，老組長。」

廖青睜視過來。

「有時天天，有時隔幾日，他就來，站在石柱邊。兩年多了，——他等著的人，必會回來；他相信。」

羅繼祖黯下臉，無言著。「你想說什麼？」廖青挑釁般道，「勝雄。」

「我無意見。——我說過，我是個局外人。」

「你刻意提起老組長，」廖青冷肅地道，「你以此來譴責我們。但，你不想明白，是啥麼令我們如此。當然，你天生就站在另一邊，對你來說，有些事是命定的，無可置疑的。——為什麼你又來到這裏，親近我們？是一種恩賜嗎？那麼，」廖青偏過頭去，喚著，「羅阿繼祖，」而後，撲過來狠銳的眼神。「讓我倆一起匍伏下來，親吻你的腳趾頭罷。」

「我喜歡你們。這是一種純粹的，情感。」

「喔呵，」廖青痙攣般笑將起來。「我們被追趕，整日惶惶，無處安身那時，多遺憾，我們從來不知你喜歡我們。不過，你到底來了，說，你喜歡，是一種純粹的，情感！」

「廖青，」羅繼祖輕喚道。廖青激昂起來，又著意將聲腔壓低下去，一字字像迸自牙縫似底：

「你什麼也不做。我了解，這樣的人。你選擇等候。不時，在兩邊中間，盪來盪去，讓人以為你是傾向自己的人。我了解，這樣的人。其實，你什麼也不喜歡，你是你自己，像蟄伏的獸，等候。——有一天，你出來，向勝者的一方，親熱搖著尾巴，或是，笑著，一口吞掉兩敗俱傷的雙方……。」

「你說這些話，好比我是顆蛀牙，而你是個牙醫師。你總以為你對，因為，你是治病的醫師。我想，我，——是誰令醫師有這樣的自信與權力？醫師的道理就是真理？」

「我不了解你的話，」廖青輕嘲道，「羅仔，你懂嗎？古勝雄的話——」

「我們喜歡勝雄。」羅繼祖懇摯底道。

「去你的，羅繼祖。」廖青笑罵道。

「我只是來看看你們，——我竟真地想念你們。好笑吧，廖青。——我無意與你倆作任何爭論，我無那樣習慣……。那是一種空虛的，知識份子獨有的，空談。我想，我只看得見現實。現實裏有雙眼睛，躲在公司大廈騎樓下……。」

「古勝雄侮辱我們。你聽懂嗎？羅繼祖，」廖青笑著，聲腔微微抖顫起來。「羅仔，呵，我倆的一切，呵呵，是虛迷的……，無用的……，呵呵，呵——」

漂女

我畢業那年

我大學畢業那年，捨不得離開深得我心的台北。嗅不得人的污染指數，受不了的噪音唄斯，宿舍旁雜沓的小吃攤不夜城，在我決定留下與否時，竟都成了「流浪式鄉愁」的感覺。

當時男友是在草山上學哲學的，他立志一畢業就遠飆到東海岸，去過一種「原始的」沙灘菜園生活。我沒有意見他的志願，只告明他必須單飆，我是想都想像不到沙灘生活的。

沒有白天的馬龍車水，沒有夜晚的霓虹阿燈，沒有士林夜市的大條香腸，沒有大倉庫的酒、藥和菸霧，地球還有啥意思。

倒是他用學了四年的哲學嘔我是「被都市物化了的」女孩，我當時不懂得「物化」是啥個意思這個辭彙，不過聰明絕頂我即回噁他是「被哲學物化啦的」男人，連接吻也帶著哲學的便祕味，更不用說其他。

臨時我蹲在一家大部頭出版公司當編譯，把一套大陸名人辭典中的簡體字譯成本島繁體字。

注：哲學男友是「繁的死硬派」，假如連文字這樣重要表達思想的工具都可簡化了，哪還有啥麼繁搞的哲學？哲學業已凋零於今年冬天尤烈，而沒有哲學的指導哼人很快就會忘記正確地拿筷子、使叉子。我很快適應簡體字，在這個三角褲極簡、中晚餐速食的年代，文字當然不能獨守「繁花的空閨」。漂女有創見：「繁花感覺閨房的空」這一句詭異地帶出了島上的氛圍——向來人潮蜂湧來看傳說中的閨房，其中無人內在具有「繁花的文化」，無人看見閨房中的繁花。

工作沒有什麼挑戰性，由簡到繁的過程實在很煩。有時，我伸個懶腰，順就瞥一眼名人條下的註解，才粗粗了解到是存在「人鬥人」就現前白紙黑字記錄在名人的當代。

注：這一眼可不是偷瞥，雖然許多偉大的訊息來自「偉大的偷瞥」。我們不成文的工作守則是不禁止、不鼓勵「正眼」看正在做的工作是啥麼更不用追究其意義。如果你問島上的作業員：你到底做什麼？他會支吾半天比兩下手勢就終結了問答。我還沒有僵化到只存在「手的動作」——不過，據說多少第一線「手的動作」就創造了島上七八〇年代的經濟奇蹟。

注：那是「手人」不是真正的人。「低層次的物化，」男友哲學雞婆，「會偷偷趴上心靈」。奇蹟後幾年間超大型百貨一家家開張，手人紛紛在百貨前站成「物人」。——人有權利選擇成為「手人」或「物人」。誠然。誠然。但他不自覺流露出「不由自主的口涎」濕了進口的貨品，那就有失島民起飛後的泱泱風度啦。

我看過電影「魚鬥魚」，聽說山上流行雞鬥雞，方知動物遠比不上「動物人」間的爭鬥其複雜難纏的鬥爭倫理啥麼碗鍋可以寫成幾本大書不是書中靜靜的文字可以負載其一萬或萬一的。

當下我背僵直起來，眼下這些名人都屬上游的「草青草央份子」，大約當年都是圍爐秧歌的革老，不禁令人想到在中下游吃他們大便不知有幾多，「更其」被屎條哽到不能呼吸不准說話不敢吭氣的更其幾多啦。

注：草青草央份子是「菁英份子」的拆字遊戲，是想當年這批份子「萬里落跑」中打無聊的遊戲之一，拆字之餘「發起運動，人頭落地」是其遊戲之二，「鬥爭平反再鬥爭再平反再鬥爭」妝痟仔一般是其遊戲之三，等等。欲知其遊戲大略可參閱腸篇累肚的「黨考」「黨的遊戲沿革」「黨是一棵千年人參樹」或「一九二一～一九七六草青草央份子史話」。

注：「更其」兩字是現成品，用自當代某位名家的文字口頭禪，這名家曾被已故的新儒大師徐誇為「跨宇宙兩岸第一人」，見證他是島上第一位跨海去捧對方政權卵巴的文學人，更其不堪叫人臉對的是被卵巴捧的「專政」也回贈一張他們的院士座位給他屁股。這是屬卵巴來卵巴去，是他們千年文化中的一種禮尚往來。河洛話有「豪屌」一詞，可

以教小學生造句「更其豪屌的是……」

注補：漂女說如果不說，人就不知屌這個東西還可以豪用，小學老師也不知可以教那樣的造句式。

又注：我對四十年代末抓著軍隊屁股毛過海來鴨霸「新儒正統」的頗有批判性意見，不過離小說本文尚遠，造紙砍樹能省就省化學紙漿——總是，不管除其舊布其新或掛鮮羊頭賣冷豬肉那「吃人」的臭味總是聞得到，連那「新」也帶著唯唯諾諾的餿味想必是從「儒」字濡過來的。那種新大師其臭更可以道里計。

補又注：儒統「內聖外王」便是誑人的千古屁話，內聖多少了誰知道，猴急著要去「外王」別人。就這個「外王」迷惑了多少才氣頂盛的人。寫「鳥是一支花」被台北某文學家族供得像壺仙的虎卵先生，不管他讀通了多少書他後天意志要當個「儒統」死也要參一腳「儒鬼」，到了晚年還跨巢而出大談儒統的政治禮樂教化以及如何「王人家之道」，可惜自己原是鳥宗派的料子，用鳥調來彈「王八」不僅彆扭最終只成就個「鳥王八」，每想起來總替那文學家族的人惋惜到跳腳，難道虎先生及其旁的人不知虎老光彈鳥調說鳥事就足以傳世與儒統分庭抗禮，後世鳥宗門人必要奉他為教外祖師，這不值得他寫儒盡瘁還要被自圈「新儒統」的一批人追著打、看笑話嗎？

人治人有斬他九族，斬九族之酷只有新新人類「酷斃啦」三個字足以形容，更有五隻馬五個方向分人的活體，有砍人頭顱當腳凳或尿壺，有賜他藥死或強人家自己割頸子，另有一種腰斬叫後世的人想到就腰酸。

時事注：寫到此不能不注一下「時事」。時值二十世紀末，「人性的」飛彈志在摧毀人造的建築物，不懂得躲開的血肉只值一句「科技戰爭無心掃掉的垃圾」；不能「發球」飛彈又彈頭當頭的一筆人，就「反人性」以「野蠻原始」來壯膽自我，把刀割下的頭、四肢擺在公路邊示給天地人和媒體看，彈帶還飾著人的內臟或帶血的里肌——這在人類屠殺史上算是小case，原不值得小說文字寫下，只有現前激情，而沒有激情就沒有「寫作這個動作」。

小注：姨家小搗蛋一放學就「發球」「發球」個不停，我罵他別亂發都哽到喉嚨了吃飯第一，他就跑遠去還不停「發球」。待到夜深，才從他夢語中問清楚：近幾日，「發球」是小屁屁間在學校的流行語，——誰發球來，對方馬上要發球回去，不然就失了小人面子。更細究之，「發球」源自不久前電視某綜藝大哥大的口水語，原意更深自遠方美利堅合眾國，還不就是「F-YOU」那一句。

預言注：人類的戰爭科技化到了「繁複的極限」必有大循環簡化到「發球來發球去」的戰爭以發聲速度和腔調的花招取決勝負。可惜，那個「極簡的年代」漂女看不到，不過我們現在就可以想像。

再怎樣卑微的人總有可以「治」的東西，有時是自己的小兒小女，有時是自己身上的零件，世紀末文明鼎沸的今天島上受虐兒童的數量程度倍數嚴重，有個喝酒的割下自己的睪丸四處捧給人看不知抗議什麼。

又，再怎樣專精治人的總「設計」有可以對治他的東西，所以「泛政治化」這個語彙已經爛搗蒜到整個島上了——如此組成的辯證鍊條無時無刻不拎著我們地球。

注：歷史存在有一種「菜人」，就不奇怪當代普遍見菜雞菜鴨菜頭。

注：常見露臍裝走在世紀末的街頭巷尾，是珍寶級的原裝「鑽石臍」或加工「嵌有鑽石的貴婦臍」我常分辨不清，我癡癡睨著那滑毛毛的腰桿子，「那腰肉是準備好腰斬後清蒸的……」

啥屁的滋味令人心頭空虛，不得不央小妹到隔鄰買蘋果派配冰咖啡。當我啃著蘋果阿派的時候：

眼見紙上這位名人親腿或假人腿踢踹下五六十位「次名人」才蹬到今天上游的，他們國粹中有一種向胡馬學習的踢腿功，這位名人想必是早年練就一生踢腿功夫的。

準此，名女人想是用的劈腿陰功的了。

俟到咖啡見底，就是下班時刻。習慣圍鍋大餐我們，一九九元或三八八元吃到飽那一種。平生我嗜吃丸子從脆丸旗魚丸虱目丸花枝丸牛羊豬肉丸雛雞丸小貢丸大貢丸珍珠丸到蝦丸蛤仔丸阿跳丸。

注：我們丸子文化大不同於他們「屎缸文化」，凡是有料的都被打壓沉底水水的黑鴉烏的，哪像我們大丸小丸爭相浮上小島水面好不熱鬧。丸子碎肉機絞幾下手捏幾下就是，不像他們多少學問多少風流多少人才多少才狗盡付屎缸中。

附注：我姨家小表妹是屬「櫻桃小丸子派」。這個派下文化的精髓是：四十歲了的櫻桃，還是小丸子一個。

鍋後，不用趕回家報到兒女或奶媽爸的，換檔到青春無限續杯的咖啡店繼續清談有的沒有的。當然男女最愛抬槓「男女」。不過，以當時的水準還談不上「女性高潮究竟有無射精」之類高層次的後當代問題。

必注：這精射，據人體科學專門家臨床實驗不出有，據漂女親身體驗確實存在有。「這射時，」漂女甚不當一回事的說：那衝勢，可以瞬間破了你瞪視的科學的眼瞳，順便精妝上色迷糊的眼皮，哩呢。

疑注：「會不會淫水注？」我監著男友在中央總圖翻過中外古今哲學人生大辭典兼及康熙小辭典，沒有雷同這三個字的。

同事中有位生養了三個兒子的，窄裙繃豐臀的厚翹就像老天替她拉的面皮，慣愛把寵貓黑仔的玉照墜子吊在套裝的胸口。

注：窄裙繃豐臀是中老年男人眼睛的最愛。——不知是誰注的。

男人瞇細眼瞄上老半天疑是啥東西莫非是自己的卵墜子偷溜出襠去貼來晃去人家的乳坡，女人私心憨想有朝一日清晨醒來黃昏雨中那「寵物乳溝」悄悄移殖到自己的胸口。

奶仔花注：某一讀者發現，有某作家疑是患有一種「乳溝偏執狂」才會動不動就把人家的乳溝移殖到他的作品內。漂女，作為大地之母的一名女兒，在此樂意為某些藝術家辯解：大凡真正藝術家男的，都是大地之母的兒子，嬰兒時期成天濡黏在之母的大乳溝間，有的甚至黏到少年十六七歲，成年後要他不帶「乳溝情結」也難——這就可以解讀為什麼作家某那般偏執讓賣骨醰子女人的「奶仔花」乳溝矗在他某篇小說的壽棺之間有N次之多。

人身上有不隨意肌一族，極少數外露的，不知是造物者的恩賜還是玩笑？不記得生理或理則學的老師說，肌理的隨意不隨意，是為了達到宇宙一向追求的平衡，之的故，不隨意亦在隨意的生理理則之內，證之同理，隨意也在不隨意的生理理則之內。

宇宙心就是或隨意或不隨意心。

幸而虧為女人，我隨意不為不隨意煩惱，生活中我察覺不到有啥不隨意肌的存在。哲學男友常說——不隨意雞是男人的必要之惡，看我那麼疼牠，有必要他會剁掉牠。

疼注：波頓李察的不隨意雞因克麗奧佩特拉而亡。我小舅媽是五〇年代府城第一美女，她的頭號情癡就是吊了自己的不隨意雞而殉的。最疼的是不隨意雞有牠自己的意志犧牲奉獻百回折衝不止千回軟癱而後也矣乎最疼。

男人的私心也有用到女人的不隨意肌的，何時男友送來兩本「性學報告」，苦心意在讀者用手學習書中的「陰核技巧」，以慰哲學家飆來飆去的時光。書看未半，滿眼都是男雞戮破書頁進入隨意哪個人家的不隨意肌，何勞自己動手呢你的呢。

注：不管金賽或金蒂都有疏漏處，令我心癢癢，頗想抽空寫一本「報告性學」。筆寫到抽空之「抽」不由得書寫動作駐停流連必要闡明後代人類，「抽插」一詞其奧妙處不在插而在抽，見證抽排名插之上，又見古人書中有這般的狠話，「那女人挨不過三十抽！」，古代男人形容女人妙不簡單，當代速食男人多粗疏罵人唯一句「插你個半

死」。

喝咖啡時，我習慣左手拇指勾住襯衫口，啜一口咖啡同時瞧一眼內裏的也是乳溝：想當時火山爆發太過激烈，隆起的坡都被熔漿沉下去沃土平疇直到小腹兩股之間料天意想是讓牠擅長插甘蔗或香蕉、椿玉米梗或大支棒棒糖。

可以想像那女人是小火山爆的，熔漿太少不夠漿熨乳坡隆起得不是人樣。

注：人模人樣在九〇年代必須以世紀末的模特兒為準：寬肩小奶寬臀小屁。

又：大奶有個不是處，走起路來那顫波讓人眼波跳曼波，總以為那奶儼然就是那人的——記住大奶記不起她的臉這是沒有辦法的事。

又注：世紀末新人類又有蹺臀一族，那朝天臀的繃蹺不得不你承認那是他的俏臉。臀面口感很Q。

不知想到什麼我的哲學家朋友說，據人生哲學統計，女人讓男人千忍萬忍終結射精的不在奶子的小或大，泰半由於叫床聲之慘烈。

而唯有大火山爆的能耐有讓人忍不住的「床嘷」這就值得。
烈女可能就屬叫床聲唄慘不忍聽的那種女人。
小奶拚命地叫大奶嗯嗯哼哼這是什麼人生道理秋天的聲音也想不透。

射注：「射精的決定性在叫床」這個論理頗具原創性，我在賽的或蒂的報告中也沒見如是說的，不過漂女以她的親身體驗，又有千百年的人生哲學統計來支撐，想不透想是如此：「叫床性」決定了精射。

哎注：所以起飛以後，島上的叫床聲不但音大量大而且朝多元化發展又加上各種類型的裝飾音，男人一時承受不起島上的統計數字說不是陽痿不全就是提早洩了，此中原委頗複雜有生理性有心因性，比如有的男人一聽某種裝飾音就如魔音貫耳直下小腹不洩也洩，有的男人愛聽「混合搖滾」不知不覺他生理就失控了。在此，人類最大的失落是，再也聽不到人類「原始的叫床聲」，哎，連想像也無從想起。

寒流滯在這瘴人盆地時，一手攏緊大衣領，一手在另手的掩護下幫浦一般在神鬼之間不息捏大自己的胸之為物，——若有那樣的奶溝，也養隻黑大的，豹，來窩，免得風入胸口涼咻。

奶注：不管如何貶低奶之為用，有一對大奶是世紀末島國的共同理想。奶之小大樣模是廣告的焦點，奶之吠吋女人必爭的數目字男人「衡仔量」的標準。當代最動人心魄的廣告詞莫過於：無法讓公的雄的一手掌握的。現今熱門廣告教育大眾罩杯之為物可分為ABCDEF杯，女人於今又細分為A杯女人或D杯女人，男人形容太太或情人：「我那婆子可是D杯的——」言內之意大不可測。「不好意思自己是D加E杯！」世紀末女人，以這一句肯定了自己，鐵定可以「膨」到下個世紀。

「快速豐胸的時代已經來臨嘍——」某日在騎樓下聽到螢光幕上吶喊出這一句。其速拼過光速可知，「手工豐胸法」已經是舊金屬時代的事了。

奶補：我在漂女的隨身小本上讀到一句，「死去的瞬間奶波一波波勃起了你直到活來。」

男友常飆去城郊海灘看哲學之浪，我總參不透浪有啥個看頭？直到某天我撞到成語一句

「乳波臀浪」才恍然有悟。

臀注：臀浪既然緊跟著乳波不得不列牠入排行榜。無勢不起啥個東西，勢大則浪大波大浪波聲也大：那「勢」就不僅是男人的事了。

注結：女人屁股一搖不管被動或主動奶臀波浪起與就把「凡事」丟給男人，男人勢衝不止就人人有事幹，就天下太平宇宙唯有淫聲。

字體轉換字體的間隙，我隨手塗鴨「小魔女碰上大流氓」。有回，不小心讓小魔女的純情乳溝長脖子出大流氓獸茫茫的嘴臉東張西望……不一會就傳遍出版天下。

大奶令人藉口偕尿要我陪她上洗手間一遭。原先料想吃一頓排骨帶腰脂的，料不到門還沒闔緊，她就彎腰扯下乳溝深處還趴著一隻獰著狼嘴的寵物狗。

注：曾在車上見少女寵她物在大腿小腹間，那物的舌尖上下這裏那裏甚至舔到小說的內文來。「內葉都濕嘍……」漂女嘟喃。少女穿著時潮最新的胸衣露臍裝，肉色的。

你看嘛就在肚腩與陰毛間，那狼的舌尖上到臍孔下到「不好意思」中。
我從此對天下女人另眼看待。且不說她不穿內袴還能坐穩椅子不怕滑不溜丟，那樣「寓淫樂與工作合一」的境界實在有夠勁叫那些愛嗑黃色笑話又哈不到一CC淫汁的男人從絕倒到龜縮。

注：「淫汁」不是我發明的更不是我磨出來的。每，我那哲學家男友吸管吸木瓜牛奶時總愛帶一句，「我是吸淫汁大的」，不知是偷學自哪位偉哲的雋語。

那是個有星的月夜星光夜光都來洩在我床上。
身畔男友連洩了一泡半後已軟癱鼾聲中。
月光照明我鑽到星星的深井還想不通：乳窩黑貓肚趴狗狼，那一對加一的兒子要安位在何處，更可疑那丈夫是否經年萎在她不可告人的隙或縫累月跟著來上班？

注：年輕時我常為這種癬皮灶事煩心到不能思想的地步，譬如一泡差可以了，又射那半泡作

啥麼，又為什麼臨軿前還堅持那是半泡不可能是1／3或1／4泡？更小的時候，我為小男生愛炫他雞雞感到星星宇宙之不可思議，那樣小棒棒糖支都不如的長大後能作個什麼屌？及長後，才曉得可以長大到速食店的熱狗那般「顏色」，可以令人女淫叫，可以生人類的子孫來讓地球氣心勞命。

我的文學事業(一)

延續文學少女而來，書籍尤其世界名著成了我的名牌化妝品。

注：我的文學啟蒙書是「星星月亮太陽」。漂女的啟蒙一句是「那浪花的手，恰似你的溫柔。」

補注：有另類批評說「萎在……隙或縫」的寫法便是猥褻文學。我沒有意見。漂女有意見：光看「猥褻」這兩個字的造形就直覺它有一種「美麗，難以猥褻的」。

誠如每天都即將遠飆的男友所說：令人愛不釋手文學的眼膏塗在文字的睫毛上。

我忘了請他哲學演義為啥「文學愛不釋手文字之間」。不過，我感謝生不逢電腦XY世代，手寫文字比電腦文學有「氣質性」多多。

手指長年浸淫名牌自然滲透背肌有一種特殊「風格性」的紙香。——此句疑屬註。

幾度覺得下班後上床前還可以「吸收」點東西，就帶廣告去報名名家某某和某某名家合開的寫作補習班。

頗像養在都市深閨的一朵罌粟花這種補習班。

注：「都市罌花」這個比喻不倫不類，但小說可以這麼寫，藝術這個東西本質上是屬「不倫不類」，小說藝術當然可以用這四個字來包裝。

注之過多：注之過多不如不注，不過有些註無實義，如空中之花梵海聲貝，聽了等於沒有聽看了等於沒有看，看起來就沒有那麼多。

為了贏得名家的青光眼，我花了三個嚼菸管、吮巧克力棒的夜晚，解構已故的法國名家卡先生「黑死病」，做解剖圖表掛在床尾壁上作睡前沙盤推演，再花了不到一個不眠的夜晚依沙盤演習添上本土「黑腳病」。

注：「解構」，現成品，無實義。

注：吮巧克力棒猶如啃指甲，恨不得把整隻都吃了。漂女說她表姊會啃腳趾甲，是經年苦練瑜珈功的餘緒。所以你在街上見腳趾塗荳蔻口水的女人，多會這種趾上功夫的。

期末檢討會上，不期兩位名家為我的不世出之作「對嘴鼓」起來，我看準「沫彈道」東閃西躲，口沫漣漣漣濺到最後一排股票行加班趕來「股票氣質文學化」的小姐粉紅色制服當場被漂成口水色。

注：令人不禁思念起前不久不請自來的「導彈」，導彈音同搗蛋，義為專搗島上人類的蛋。音義一統。島上的人都知若有「島外有力人士」來搗蛋，只要將之引入老舊的「處變不驚」彈道即可，或者，出爐不久的「戒急用忍吔」彈道也可借用。

名家1號肯定是一篇純情少女的清純之作，沒有一般雕刻大師的斧痕，黑腳病這個東西在大師不過是素材，在少女則是動人心絃感人心肺的心靈體驗。

名家2號認同1號所提「少女VS大師」的觀念不愧是名家的「原則」觀念，可惜2號承認自己把少女翻來覆去可惜一絲小說的鋼筋結構「毫髮一絲絲」也看不出來可惜。這類模糊了小說界限的「類小說」，即使黑腳病上了象牙塔也被少女的純情夢囈包裝到嗅不出它本分的臭。

注：試「比較文學」此二名家的文學觀，前者屬印象派，後者不外現代派。印象派頗有「恍惚的純情」，現代派沾染「文明的詭詐」在肯定的同時顛覆了對方。雙方各有派別立場，說穿不過立場阿派之別，也就是所派站立的「論述場域」有別罷了同樣是人。現代派挾帶火藥味是不得已，它使用的現代語彙和構句法不像傳統那樣溫吞。「甚者」有謂：「肯定——否定」這一對寶寶顛覆了現代同時「否定——肯定」後他現代。

又：「包裝」這兩個字由小說本文延伸至此，——請注意本文作者從不用「文本」這個辭彙，類如「麥當勞文本」是學術界進口「泛本土化」硬要島國接受的，實在作者進入「書寫之時」極少意識到未來看文本的讀者，從文本的定義看，也只有文本論者而沒有「文本作者」。——緣由「包裝」這個動作是當代象徵符號之一。當代商場出現多少包裝大師，讓我們不自覺我們的生活從肉體到精神徹底被包裝了。心靈體驗包裝純情，純情則是包裝了黑腳病。我最煩一雙肉腿的白被絲襪的黑所包裝，漂女最厭文明蕾絲包裝了她身體原始鮮嫩的部位。

又：所以常見買了墊肩又拆墊肩，買了蕾絲又拆蕾絲的女人。女人較諸男人有用不完的時光常在「買與拆」間百歲年老。我有位舊稱老處女現今尊稱她單身頂樂族的朋友，用拆了各色蕾絲裝飾閨房，「論者」以為那是台北最具後現代風的拼貼。

一注三又：有男人專心品味蕾絲新時代新花樣弄到性慾全無，有男人強要人家披戴指定的蕾絲才肯上場辦事，有男人盯著蕾絲作「關於蕾絲走馬燈式的性幻想」事後總要散光好幾天，有男人儀式化自己必要打鑽過蕾絲花蕊才算辦完事：一個國家的進化程度可以「蕾絲計」。

我聽到憋不住尿。

尿注：「尿憋」之於女人真是撇不清尿她尿又來了。尤其屁股被壓著行其貫徹始終之時，那種苦。生命也不值得。

真想敬告1號名師：老娘非純情少女，雖然看來像。就不必名師2號了那麼清楚的「黑死病結構」怎會沒有毫髮一絲絲哩的呢。我尿遁出門。街上所見不是黑到臉就是黑到腳：老娘的純情之眼少女的春水之淚。

注：「老娘的純情之眼」會不會書寫失誤？老娘可以保有「純情」七八十歲嗎，肯定有。法蘭西屬的莒絲小姐的《情人》是近八十歲的純情之作。我娘若活著，現在她看前院後院手植的花果蔬草也是純情之眼。如今世上唯一物貓咪我用的亦是純情的眼睛。漂女說她從小自覺是屬「純情到癡」一派其癡有勝小魔女，平日她感覺春水在有無之間蕩蕩漾漾，隨時可能會噬人。

校注：「噬人」意謂「濕人」，噬應是濕之誤。

反校注：「濕人」是一般現象，「噬人」是魔女派下的動作之一而已。漂女怎會受得了濕人自己。校者不可不慎。

黑腳病是吃砷井的。虱目魚是吃糞的所以當年霍亂臨頭島上，人人不敢魚肉不二日就人人有菜色，只有我娘和我是虱目魚色。

我娘叮嚀我爸每天多買幾條霍亂魚。虱目煎的魚香可以叫「臨終的瞇瞇眼睜大眼窪」看我跟我娘敢動它霍亂筷子，多剩的做魚酥魚鬆配早餐稀飯。

那種大家族出身不畏風暴的氣派是我娘讓我平生一見的。

注：虱目魚煎的香也可以叫「臨終之鼻掙大兩洞變四六洞」。霍亂之於六〇年代初的本土人猶如口蹄疫之於九〇年代初的本土豬。經口蹄一役，漂女唇無豬肝色：未免太過分了吧島上人一天要「哈掉」四百多萬頭豬——這句話的隱喻是：人啊你為什麼不「哈掉」四百多萬頭豬人，每天。我慰漂女：那只是統計數字，當然只有人會搞「統計」，數字不見血。前天我路過一間小廟不知在慶祝什麼那趴著的開膛豬公一路光溜溜排到夜的盡頭，那種現前光景叫我心茫嗒像不知所以然的豬心。

注之為用：社會科學的學生可以專題研究「台灣豬與台灣人的互動關係」。不吝我在此稍加提示：從五〇年代的「拔毛殺豬」到七八〇年代的「烤乳豬」乃至九〇年代的「土埋口蹄豬」，政經文化一脈相承歷歷在目，總結戰後五十年來的「台灣經驗」。

真是。臨時想到該要回來我的處女之作，免得有心人私藏自己當處女。處女也有大小尺寸，不合之處不知又要弄出多少麻煩。

注：處女也有不知自己大小尺寸的。我有位世家姨婆到死不知屎尿從何而出，更不知其間有絕妙之處。這樣的人生是為了見證一句話：順天真做人，也可以過一生。漂女意有不足，對一句「處女靜好，歲月無驚。」腿股歲月。

回到罌仔班，只見名家兩位圍著股票小姐，講台上開了瓶白干。名家們決心拼酒到午夜不惜到天亮。

注：八〇年代中期島上流行一種「打拼文化」。拼酒拼做拼賺拼吃拼車拼舞拼搓拼賭拼色情and拼政治——拼著幹這幹那，拼著拜那拜這。「打拼是為了出頭天，」待到頂破了天，物慾橫流變態者多人人走在街上也不安心，才約略曉得是不能拼過頭的，奢求什麼「出頭天」。

注補：世紀末對於八〇年代的「黨外運動」有一檢討，——政治抗爭的熱情淹沒了一切，逐一到手了抗爭的東西，才發覺當年不知從「文化改造」著手一出發就走錯了「翻政治的老路」，當年忘了警告但我們原諒他「趨勢專家」現今看清楚了沒有：即使改朝換代，土壤深處沒有重新翻過，發的仍是臭餿味的芽，很快成長「島國固有的民族性」就會蝕爛了一切還是得過且過。

時事注：最近報上讀到一句名言：「賄選是我們的固有文化……」這是標準政客的話，他的眼睛不看十年二十年前。我們島國的固有文化裏有「賄選」一項嗎，研究島國史的人應該即時作出史評。不過，現前庶民大眾默默接受了「這已成為固有文化的」倒是事實。二十世紀沒有希望了，期望二十一世紀島民合力把自己的土壤重新翻過。

我的小說是論爭的對象物不准拿回去。最好我也留下來當下酒的菜。古來處女不參與酒的論事：這在台語三字經就有明訓的。男人喝黑白干，必找女人當下酒菜。女人之大用也矣哉：有一本叫菜的根譚的也這麼說。

祕注：我由島營的不透明路透社得知，有個地下祕密團體終年拏著硬物在西海岸打拼頂著——，預計在公元XYYZ年可以把本島頂離大陸逍遙太平洋中。你看在沙灘上垂釣的或岸磯上海釣的，其實他們都是用一支竹竿在「打拼」。

追注：這種祕密團體可謂打拼文化中最具創意的。路透社以不透明的方式透露這個祕密，意在鼓吹更多島上的人加入這個祕密組織「做伙共同打拼」。漂女得知這個祕密的當晚，即時把床頭搬動朝向東太平洋，當夜就和男友齊合力「蹬著」「蹬著」成為祕密組織的祕密份子。

評注：這是舉目所見諸多工程中「最偉大最具前瞻性的島國希望工程」，可以媲美媒體廣告「打造島國女人胸前的偉大工程」。

離或不離時，我好心勸那股票小姐早些回去免得被薰到渾身酒色，那姐說無奈她一身口水透明必要等到制服乾回粉紅色。

再說她看多了人頭鈔票手中來去再也不怕現實中的人頭能奈她掌心何。「還不是個個鈔票人頭，」我搭湊著說。她難得聽一回文人的瘋言醉語說不定其中「意涵」股票行情或者如何成為股票名家的竅門。

或者成為文字名家的竅孔。我恍惚嗅到粉紅口水的別有滋味，是口水滲透粉紅或粉紅滲透口水的味道：自古處女或近處女的芳心總是猶豫難決的。

注：漂女說她所以不知留下來沒有最可能是吃了粉紅口水身不由己。印證我有回作客部落，有位部落男子來蹲在我胸前問：「有無吃過我們的口水？」我一愣，猶豫著回答：「無」。那人歪倒旁邊去，連給我的小米酒杯也奪去自己喝了。我多方探問才知：原來吃過他們「口水」的人才算得半個他們部落的人。我想了一個星星好大的夜，要怎樣才能吃到人家的口水呢?漂女知道，但她不肯明說，她要留給大家分享「想像」。

二注：猶豫難決的芳心不是自古才有的，也不見得到了後現代就消失。我有位新人類朋友，到她男的朋友套房泡茶連三個月零三天，直到這天男人喝著最後一泡茶同時說，「如果只是泡茶，明天不必來了。」當下她手上胸口，摸到鈕扣，直直摸索了一泡茶的功夫才剝開第一粒扣子。

三注：那是茶泡太久養成的氣定神閒也是一種身不由己裝模作樣其實奶腔兩隻小鹿早已亂亂撞底褲濕得可以溜滑梯。——這是漂女初注「有關新或新新人類點滴」。

四注：欲罷不能漂女再注「有關新或新新人類點滴」。由她解開第一粒鈕扣的速度，可以分明這新人類毛頭不知多少回辜負了她滑梯的濕，因為第一擔心對方備了保險套沒有新人類必用保險的不只衛生教育叮嚀再三就「終極」而言新新人類的新新人生沒有「安全期」更甭說有啥麼安全的日子，第二，三個月連三天以來她把一粒僱經丸藏在恥毛叢中包皮嵌凹內，在這要緊的時刻她發覺恍惚只剩「原裝天生的那粒」僱經的丸子不知被擠到或濕溜到哪裏去而新人類尤其新新女性不先服下第一粒僱經防衛自我那再多的保險套也白備，第三，男人用茶泡清醒的聲腔聲明他確切知道自己是在安全期因此一切沒有問題，她就茶醉迷糊了人家在安全期嘛難為她解開最後一粒時即時想好說辭果不期然初一碰觸及時她說「人家的小小大哥大的大大——人家痛嘛不要」不料那男的是老手一個當下把大哥大變成小哥小百步蟲一步就鑽了進去新人類處女就嘶哎起來哎哎到床鋪地板都為之動容淚濕……這點滴寫得滿複雜的沒完沒了可能，實際新或新新的小小，心思滿雜是「任誰都可以接受的」她們累積了文明「制式」的垃圾。

文學論爭之慘烈，可以讓參與的人即使旁觀者喪失一陣子記憶。

六字注：譬如至今我記不得「鄉土文學論戰」的眉目如何、骨架如何、尾尻後又如何，現今我記憶中只存在「鄉土文學論戰」這六個字。

比如至今我記不清楚論爭當夜我睡在哪裏。

我清楚記得股票小姐名言一句：股票若是由你們文人來操盤，台灣人便有出紅天的一天。

有可能自己走去窩台北大橋下羅漢腳的大鍋被中。更有可能半途被一種專業情人挾持隨時準備情人小被供不夜歸的少女吔啦聽說是星星小王子吩咐地球的。

注：股票小姐的臨場名言，我百思至今不得其解。文人的手既能寫出莫須有的東西或莫名其妙的情事，要他覆手翻雨大概也不難，所以紅透天，隔日必有風颱雨，馬路成河溝，股票小姐的窄裙秀腳潦不過溝溝，逼不得已全島連線休市一天。

私注：大鍋被對我獨有一種魅惑力。憑想像也知道，修行有功夫的人才能「真正」蓋得那大鍋，不然光蝨子就令你落荒逃更不用說斗大的酒蟲了。虧我在草山隨男友也有一段「吃草」的哲學時期，為防草到痲癲大家都嚴嚴蓋在一張大鍋被之下的。情人小被是啥東西我也說不明白，問寫的人或星星王子才清楚：是給情人騎馬墊的小被嗎？羅漢是屬菩薩類階，分別只在後者俯眼看眾生，羅漢只顧凝視自己的腳趾頭，——眾生自卑最恐怕大家不看他。蓋大被時，腳趾規定露在被外，準備朝露來掛在青春的趾肉垂。

當夜，湊巧男友來做永遠最後一夜的查勤。「沒有她在下面，宇宙就失卻永恆的睡眠」，以如是名義，他電詢名坊要人。

名家二位以「文學的莊嚴」保證查無我這個人的「現時存有」，並請頗具公信力的制服小姐作證。

吞不下鳥氣男友憤得在夜色中遠飆而去啦呀呼嗚——

也就罷了我的文學事業(一)。

我還是記不得我睡在哪裏。

我的文學事業(二)

我娘常說天生我是「冷血」的人，也就是見血無目屎的人。常常無緣故鼻血就淌下來，手指拈著，在額眉之間抹來塗去讓人一見便要驚叫的人。

「冷血」看人也是不得不。從小我自覺眼皮涼似天花板爬的壁虎的肚皮。

注：我連島產的特肥蟑螂也不怕，一巴掌可以擊中七八隻，晾乾，配臭湆作點心。可漂女平生最怕「正當」開大字睡時，壁虎的小臍眼貼上她的大臍眼，那種外太空的冷涼可以剎時叫她變成「石女」。頓時，我想到一句「石破天不驚，有漂的女人在。」

我到五歲半時才出口第一聲「媽爸」。

媽爸連在一起聽說外星也沒這麼叫的。媽爸媽，那股陰氣吃多少火鍋或燒烤一輩子也去不掉。

親戚大家費了好些時日才聽清楚是媽連爸，我爸連打了幾個寒顫他門牙的齒切齒痕便是那時留下的。

媽去囝仔仙那裏算這小囡的命，那囝仔斷是「天生異質」，不過不要緊，都是有星宿貴人來「扶持捧搭」的星宿。不然我爸煩惱到不能決定是乘暗夜偷偷棄到婦產科後門或是乾脆丟進垃圾堆。

不屑注：我才不怕，我那時已五歲半有多，送得再遠，我學貓咪看星星方位，還是找得到回家的路，丟進垃圾那更是成全我「作為漂女浪漫淒美的一生」，垃圾貓垃圾狗可以養自己肥肥的何況垃圾人。

「更其」不屑注：更其不屑竟存在有某國一見生女便用棉被悶死或直接丟入後門的小河溝。不知那「更其」的名家對此事要如何解讀，可能更其說他本人不是女人生的哩，他是「更其」生的名家，喝更其的祖國的奶水長大的。——男人都是女人生的。「仇女情結」是最原始、最無人性的顛覆。「更其」被更其的意識形態矇蔽了眼睛，他當然看不見「事實」。

忘了哪年，我聽見我媽叫他媽一聲「娘」。我感覺娘親切得多值得我媽。

況且，娘那時當頭三十幾多歲，俗諺有說是如狼之年。娘。娘。娘。

我正式申請爸媽改稱「娘爸」今後。爸無意見。娘不喜，說叫媽是時代的潮流，叫娘是鹹菜脯了。

我向爸眨眼睛，「娘，潮流我有，」爸像生痔釘在腳尻，眉眼皺成屁股間川字，「娘爸呀，來潮了我流得天地都是寂寞無人知哇！」

潮注：叫娘這年我就來潮了，我借蠶寶寶吃的桑葉來堵潮水。我家門口三棵桑樹栽，天生來供我潮的。

卵注：娘爸音似卵巴，爸無意見，也不見誰受到侵犯，只我一聲卵巴、卵巴就恍惚見爸的唇齒之間浮起一種難以形容的豬哥，之後三年間連生了二個弟弟，不知是不是娘爸、娘爸喊出來的。

從小，無有心頭火熱去關心鄰家的飯燒焦了沒有，想來飯鍋巴可以飼豬當然可以餵人。稍大，可以靜坐看兩個弟弟打得血流破頭，只要沒有傷到卵巴彼此，也懶得喊來娘爸。同學偎過來說悄悄話時，我總現觀音婆婆俯眼簾抿嘴唇的表情。少女時，我回頭見黃昏觀音跟到家門口，因緣昏黃光線，我至今看不分明是少女觀音或婆婆觀音。

所以當時露那婆婆表情是示知他眾生少男女：說得太多可能什麼沒說，聽得太多以至於聽不到什麼。

至於隔壁厝小嫂是否三年半生四個娃娃，至於夜半「做孩子的原始噪音」我的耳膜從未滲透到。

只有我爸的精子接合上我娘的卵子那「坎坷又滋嗚」的一聲我聽到了自己。

注：到今天我仍想不懂為啥觀音要一路黃昏跟到我家門口。尋常去海堤散步，看海的波浪尋常浪到黃昏直到夜茫，我心恍惚著「生之這那」無個是處，是否她擔心我跳海殉個什麼，或是失神走到路中給奔去大賣場的魚貨卡撞。我入門回頭的瞬間：她的白衣袂襬飄在黃昏的暮靄裏，其上似乎有幾處補丁，——是婆婆觀音吧。十六歲那年，一個落雨的黃昏，她最後一次來現身，大約怨我不小的雨還去散步，害她白衣飄的袂襬沾了雨濕差點飛不回去。

生之注：我初次聽到自己源由那「滋嗚」一聲夾雜在「坎坎坷坷」的人生道具中。胎衣十月我聽到各種聲響，還分辨出聲響之時「人類」在幹啥麼事。我存在六月七月了我爸還要進來搗蛋，我娘說不行啦啊不行，他男人就偏要表現他的「進入狂」。幸好那時我的指爪已成形，每回都被我擰得頭包包縮回去。當時鄰居一少年酷愛聽時新的搖滾，雖然沒有後來我迷的重金屬那麼衝，但我一聽就手足屁股亂騰起來，我娘肚子就凹凸不平的很是，叫我爸來近視，我踢他臉頰顴骨到菸一般的青，「這小子患的是一種胎中瘋，」我爸又痛又氣又好笑，幫著娘安撫肚皮，對肚皮下的小子說盡了平生的好話，以至我出生後就沒好話對我說。為了對治我的不安分，醫生本位常打一種安胎素，害得我跟我娘打嗝半個時辰抗藥放屁半個時辰才將那胎素的毒排了出去。平生我生前最不解不害臊為什麼每天都要聽我芳心的跳，那金的屬的聽診器一觸我便羞得屏息十幾二十分鐘，任憑金屬怎樣聽「前——處女」的心跳總在若有似無之間，隨後便聽到各樣的嚷聲及床的推動聲，當折騰就續不知要雷射或電擊或打什麼強化針的剎那我即時恢復心跳正常，即時聽到我娘高興得哭得咩咩，醫生大腸告小腸的不暢聲，我爸的巴睛快彈出來了掛在眼包皮「這小子等他一出來屄的不狠狠修理他一頓看！」我爸熱望生個頭生小子，等不及要做穿刺術，我早注意那根刺針一手撈過來就夾在屁股溝不放，鬧到人人屁股翻到前，我娘也難得痛罵我爸「刺不夠麼，這時還興刺個啥麼？」娘有氣無力實際是我替她發聲開罵的，後來決定開刀尋找那根針，我很早就聽說「海底撈針」那句話的真正意思是哪知針在哪裏胡亂海撈一番就是，我怕我小屁股被撈開二片半或三片——所以到最後一刻，我爸喜孜孜的說頭大得男子漢五官有地方擺大隆鼻生就大卵巴配個會說的俏嘴巴，再往下看三秒五秒他就悶聲奪門，「屄的真是」齒切齒的抛回來，門差點被拔了去。

注補：之於我生之最初也是最直接了當的形容是「屄的真是」。又，「原始」與「噪音」這兩個辭彙不得不配在一起，「性交原始」屬自然聲籟，「性交文明」屬人工噪音。

又，我不敢肯定是「少女觀音」實在擔心有新人類想像人家跟我找我是為了「同志愛」。

屄的真是。

長達十六年的小中大學教育把一些「規範」以填鴨式或打點滴式注入島上年輕人的血液。我也知曉一些「尊師呀」「重道啦」「黨國哇」「馬屁嘛」「達禮啊」「紅包嗄」諸如此類的事。

注：我爸是末代受日治教育的，頗注重師道尊嚴、有禮無體之類。我娘只要求夜尿時，尿壺要對準我爸不要無禮亂射，那就對得起天地國家。

規注：「規範」先以填鴨式。我猶記得藤條教鞭打在小學五年級男生屁股、女生指頭關節的深刻，那種痛尤其在冬天不是抬出「為了××」就可以「用忍」過去的。多年後我們才了解，那藤條是「戒嚴鞭子」的某一化身。為了嚴禮教性交之防當時男女要分校分班的，為了倣效戒嚴頭子的光頭當時男生必要光頭或近光頭，至於女生後腦下方必得剃出「鴨屁股露」是為了什麼到今天我思想不出它的「象徵」來。

鞭注：我有幸遇到一位嚴師愛打女生的小腿彎，說那彎最嫩最愛吃鞭子，請注意這個「嫩」

字，還有「吃鞭子」的意象。漂女說她六年級時時與男生作青蛙跳同時鞭子追著青蛙的小腿，對女生則「包容」得多——要把裙子掀高，掀得越高那鞭子落下來就點水蜻蜓。漂女後來迷你裙迷到屁股暈，長髮留過腰捲過兩股間反上來撫挲到乳暈：對體制的「壓抑：反壓抑」激烈如此。

鞭補：這種「鞭子文化」流行島國五〇年代延至七〇年代，造就出多少潛伏的「受虐：虐待狂」還生出多少變種。在軍隊，馬靴把新兵屁股懟的屎踢出來屎條一路飛回他「死老百姓」的家，所以五六〇年代送行新兵的車站月台是「淚的小站」。在街上，有人走在路旁，突然一個麻布袋罩上去，隨後圍上拳頭棍棒隨後一哄而散，沒有人敢去摸摸麻袋裏的什麼東西是不是變蔴薯了。為了對付少女初戀的痛，漂女用菸尾巴捺熄在自己的大腿天地都同聲嘆息——那，是十七歲少女的大腿哪。我有個做生意失敗的朋友，一面喝酒一面拿女兒的美工刀在手肘「劃線」以洩他奮鬥半生一敗塗地的恨。另有個表親家的妹妹先開瓦斯後點菸因為度不過寂寞的午夜芳心希望生命的「真實豹爆」以印證她曾經一度「真實痛苦」存在。

譬如事後，我還滿尊敬補習班兩位名家的，可以為了一個他們看不出來的「現成品結構」

辯到口沫濕了台北的夜霧。

續注：猶有未盡者，我親眼見一位同班女生正中午自圖書館頂樓跳下，大概她瞥到我這「制式學生」的瞬間下了最後的決心，多年後，她還常來夢裏向我解釋當年她不知是誤解「制式」這兩個字還是誤解了我「這個人及其象徵」。同時，鞭子文化變種成青少年「跳樓文化」。漂女說她有個同哈過大麻草的死黨，在等待聯考放榜的某日清晨陽光射入第一道光線時，用他老祖母的裹腳布或發願坐成不倒單的老祖父的裹屍布，纏緊頸子，另頭綁在祖宗神壇的供桌腳，還用香爐打個死結做個屁股墜子，之後從十七層樓層高的客廳向虛無衝去，身體掉到九樓時反彈三尺半高，喉頭發出「喀殺」一聲穿透永恆的清晨，壞了方圓半里內的耳鼓膜，氣喘病患者一時不能呼吸。

因由名家介紹，我也認真讀了幾本書，從「政經社會價值體系的反思」到「我在火燒島放屎的日子」，令我讀了為這個島又羞又沸到臉都發紅恨不得砸爛什麼。

不過，天生的冷血讓我腳掌凍結不合適走出去大開大闔。

不過，「生命的意義就在追尋——」腳冷凍破多少鞋子也要追尋得到。

史屎注：八〇年代中期，島上出土了大量近現代史文獻，島國的有識之士在空調書房或研究室享受了一段閱讀「政經史屎出土」的時光，畢竟都是「史事」了，史事當歸史家。出土的熱「照歷史的例」會一時薰了許多人，各樣人說了各樣不同的議論，多是可議之論，等「土冷」之後史事還是還諸史家。我們島上的當代史家面對這批剛過時還帶著鮮餿味的史屎很快「站歸」二派，一在統計數字及百分比上作考據，二者「草根化」自己下鄉去做口述歷史。統計數字以量化讓「威權體制」聲明那是歷史的小事事不得已才死傷不多，教訓島國大小「向前看！」「向前看！」——歷史循環論令很多人向前看又看到了另一次「出土」。平民在口述歷史的敘述中說到聽到看到手腳發麻發冷，內心幹了又幹，我某叔大幹之餘，還踢翻幾盆心愛的盆栽，害我嬸母鏟了一下午盆栽土不知為了什麼，晚飯時我叔餘怒猶旺，對著圍桌說了一大堆莫名其妙的話，令孩子必要「危坐」聽著，因為「事關你們未來的命運」。……名家「更其」當然不會在這「解讀歷史」的時刻缺席，他解讀給大家理解那是戰後世界性的普遍現象，不獨島國如此，是戰後思潮帶來的陣痛後遺症……我不想在小說中駁斥「更其」的解讀理論依然出自他那一點意識形態——無論什麼現象都可以納入這一套意識形態來解讀並釋出其毒氣。被子彈或刺刀穿刺的痛是當下真實的，被暴殘的生命是永遠無法回返的，個人的痛苦不能以「歷史的必然或偶然」來解讀，那是根本不同的兩回事，平反之於「當下」是無意義的，口水議論不管噴出去還是吞入去還是口水，傷痕永遠存在：不在永恆的現前就在夢魘裏。

婆心注：腳冷必穿三雙毛線襪。我有一位密友自閉淡水十年如是毛襪三雙度過嚴冬寒流一波又一波。漂女也說那位密友肯定她「究竟要走破多少鞋子」的問題等同「究竟要穿破多少襪子」，都屬「追尋」這個大主題的份內事。

三八注：漂女說我的八並不否定她的三。女肌嫩薄不得不三或八。我說不必自己奇怪自己，「規範」也教育我世出這個「三民資本主義」社會便帶有再怎樣否認也存在的「競爭性」，走後門也算不擇手段贏得競爭，好比戰前百般通敵戰場勝之不敵，親友鼓掌，耀祖光宗，是作為一個人的權利與義務意義和價值。

從小，寒流來自西伯時島上少女如我者都規範自己內外八雙襪子，作為一個人起碼有權利和義務贏得「文明裏大腳丫的」意義和價值。

世紀末我巷口有人開店就店名３３８８，專賣女性３８的東西什麼都有，從閨秀啞鈴到蕾絲小褲。

從上注：漂女又說她常心思矛盾，講話前後沒有一貫性，她都不知道現實流行的是哪種一貫的道嗎。大約漂女火熱了寒流，內在滿盈著詩意的不安，她還在「追尋」的途中，花花草草她都動心，都必要彎下來呵護一番，「摸一下講幾句話也好，」顛三倒八在所難免。我慰漂女兼釋「追尋」這個東西：恆常矛盾我的心思因為宇宙看不見也知道它矛盾恆常，又我講話聽話最不喜一貫性，一以貫之失卻了多少詩意，而如果沒有詩，多少「追尋」的生命枯萎在半途。漂女喜說詩意常襲入她追尋的心靈，她雖然不十分懂得「制式」的詩，但她肯定「人生３３８８３８３８」也成詩，是嗎，不是嗎，誰能說媽的不是媽，或不可以媽的嗎。

為了贏回花在補習班的學費，一度奮起冷腳寫作直到古早人的茶和飯都想不到要吃，手工製作一篇「茶飯人生四部曲」參加文學獎作文大賽。

難得股票小姐志有一同，她將幾年來所見股票指數的起伏冷暖譜成一闋小說「號子八線譜」，見證我們當代的「號子」是怎麼一回事，島國的「號子人」又是一番何等模樣。

注：我年輕時有個「理念」：藝術是不能比賽的，她的本質不具有競爭性，藝術各自表現她自身如是而已。——人類業已進步到新或新新，茫然我是否必要忠實舊人類的「理念」。資本發達到世紀末，幾乎在「金錢掛帥」的理念中討人類的生活，所有的「希望工程」或「理想工程」無一不在金錢考量的規範內。

漂女理直氣壯：「出名要趁早，得意須盡歡。」新人類的偶像是新新，新新的偶像是電腦網路上的虛擬偶像：相對舊人類的偶像馬克恩格林史達澤東毛，其「歷史的虛擬性」更是顯著。

注：後來我在一吧間偶遇一紅髮族的，說是專業書寫後現代詩的，平時自吧間出來就隨手將他的吧的「詩本」貼上午夜的電線桿或人行道紅磚，也無賽不與的，賽前賽後感不到任何心理障礙，他尊我的「理念」是古董級的「觀念藝術」啦，他簡譬作文大賽比如田徑大賽，設個獎金、廣個告，弄個大大的頭銜和獎座，就能吸引無聊人生大小腳，有回意他之外他腳達了陣，獎座拿回吧間供插菸屁股，獎金分給幾個小腳的各自打字

影印小腳詩去貼在午夜的公車牌，也有小腳喜歡貼在公廁間壁或刺掛在木棉樹上飄，新近流行在捷運車上親手發「詩本」賽比成天浸在廢氣中的公車詩，——同樣一種從前現代玩到後現代的競爭程式罷啦，沒有啥麼創意，但他們新新後現代並不需要創意，只要「爽一下」就好，萬事ＯＫ——我自此頓開茅塞，每不參加大小賽，總覺得一種沒有盡力溶入「當代後人類」的歉咎感。好在漂女每賽必賽，此賽彼賽，讓大家有機會分享看賽。

當然晉入決賽：茶飯的日常寫手嘛。股票小姐的「號子八線譜」也以「貼切寫實」的名義晉入，我晉入的名義是什麼我不曉得大概是「晉入」這個理由罷。

可不容易決賽晉入：股票小姐說她坐得寫屁股都歪了裂了粉紅制服只好剪成開高叉不久號子小姐的制服腰叉大腿都高到跟她一般，我哇多少人頭被踩在冷腳下患了風寒頭痛可對不起參賽大家。

注：請不必聯想到前文名人冊中的名人競賽，他參加的是「權利：生命」鬥爭，用的是踢腿。我參加的是小比賽，文字式的，不見血不見肉骨頭，何況我只是秀的小腳輕踩一

下人家的頭皮「爽他一下」也乎啦漂女。

又：制服小姐開創了全市第一家大腿號子與旺果然第一，號子老闆偷偷塞了一個紅包在她大腿叉合處，當夜她還不止亢奮來電大讚「文字的魅力深度如此」。

最後被評審名家中的名家說了兩句「決賽性」評語刷了下來。「這位作者對人生茶飯一生的超現實手法實在不適合今日本土文學土壤，」意思大約要作者「等待本土」到某年某月的某一天。另外，「自有文學以來從沒有四部曲的，以為四可以勝過三，未免太狂傲又幼稚到了極點。」

更不堪的是文人一進入「號子」就頭暈目眩找不到他熟悉的文字，「筆調充滿對人世的鞭韃，已超過寫實嘲諷這個風格所能忍受的地步。」另外，「號子本來無線譜，硬要命名八線，八線藏在號子的哪裏我花了十幾秒多的時光也找它不到。」

總結評語語重心長：「不知這個世界如何得罪作者，想是作者的童年必有不可告人的創傷，傷痕造成作者無能對現實本土人生有積極正面的關懷。」

批注：決審名家必有兩把刷子，必要先作這樣的假設：其一他要有獨到的見解以見其獨門的功力，其二，為了其一，他必需有拼湊學術理論及時運作的能力。像這位評審名家先提出「超現實」，因為這三個字是外來的現成品，為了避免人家看他滿口外來而不化，他必要馬上讓它飛翔在「本土的」文學土壤之上，這樣外來的現成品湊合湊合本土的現成品差可以形成大同獨到的見解。而後，他借用「嘲諷」這個現成品來界定作者的文體風格，他提出的有力批判是：「超過嘲諷所能忍受的限度。」但他忘了說明這個「限度」的界限或範疇在哪裏，是「嘲諷過頭了寫實」還是「嘲諷超過了嘲諷自身」？因為這時伊德佛洛先生的「童年創傷論」不知為什麼蹦上場，好讓他借用來抨擊「這沒有限度的以及不可告人的」令小說無能寫出「積極的正面的關懷的」大尾巴。

二批：顯然一切因緣「童年那不可告人的傷疤」，所以讀者不可光「爽」作者嘲諷這個那個，必要意識到嘲諷背後的身具的傷痕，一切的一切都是作者那疤嘴在說話，作者可以通稱為「文學疤人」，作品通稱為「疤人文本」。

三批：我追問股票小姐「童年不可告人的傷疤」，粉紅小姐說她生長在金融世家，她自小用的金筷子銀湯匙，哪有什麼「傷痕，童年的」？至於「八線譜」源自老闆送來的是八位數字的，八代表「霸」擺明要硬上的，她回去哭訴老爸才答應替她把「八」送回去，這是可以告人的虧在評看的人無知現實又缺乏想像力，不過「不可告人」是屬人人都有的，無奈屬於限制級，她深藏在粉紅窄裙內，要拿出來說「難度很高」。漂女說那不說也罷，她自己不可告人的隨便一說就一堆紙短「不可告人的長」小說有恨當如是。其實，就理論來論理，要摹想那「不可告人的」並不難，只要分析並想像作者嘲諷的對象以及嘲諷的細節，因為「一切發出的都歸返它的自身」：這「追尋」的過程可能比閱讀小說本身更具誘惑力。

四批：伊德佛洛「大師」近來被考據出也是古柯鹹大師，據說中年以後他對古柯鹹的占有慾到達「非人的地步」，可以想像他後來驚人的心理分析理論可能源自體內的古柯鹹在發酵，「童年創傷決定論」亦可能緣此。再者，佛洛先生自己童年必有不可告人的創傷，可能眼見大人都在吸古柯小姐，而他雖然自認早熟多年還輪不到他又偷不到吸。

五批：至於「四是不是勝過三」，提了就煩，幼稚到了極點就狂傲，怪不得有人自名「傲之」，不批也罷。

我回去問我娘童年的我有啥不可告人的。「頭大，不可告人，也不准人家告人說頭大。」我娘笑說，「更別提久年腳冷啦。」

想見文人同寺人一般必有不可告人的痔瘡。緣由痔瘡，癢下到卵蛋上到直腸逼不得已必要「起」而對人類作出積極到不得已的關懷。

寺注：痔是寺中常住的毛病，病在久坐。瘡是有創傷不可告人的毛病，病在心因。名人尤其弄文字的包辦這兩種毛病的想必所在都有。

頭卵注：頭大，不可告人，因為大頭病。也有頭大拚命告人他自豪有個大頭的病：島上公民大都記不得了，在前當代政壇上曾出現一個自認龜兒子的大頭市長，最擅長在鎂光燈前「扶某人卵巴」果然皇天不負扶卵人——不過也沒幾年扶卵風光，隨卵主人消逝而消失了，料不到十幾年後他大頭功夫還在，逮到一個扶卵的機會「危危扶著另卵」重出江湖了。

扶卵人注：可見「世事如白雲蒼狗」，不如舔他蒼狗卵巴，世事便爽得癱了，白雲要「過眼之駒」也不難，舔之，就三秋如一日度。小說之注，必也求其「注之平衡」，所以有扶卵人自己的注。如果必要，連駒也舔帶啃的。光陰便都是你我的啦。

我們心自問對人沒有積極的那種關懷正面，但無可否認我對人具有一種「終極的關懷」絕對。我十分注意在上空飛來飛去的殺手行星，巴巴期期有一日正中撞上地球，人類再度讓位給恐的龍。

恐注：我之所以相信「撞擊說」，因為現世不留意便見撞擊腦殼破裂，撞擊也可以生出小孩，可見「死生繫於撞擊之間」。人類可能撞擊而變種而滅種，恐龍更可能再度撞擊而重生。

龍注：到時候便不用到博物館排隊看骨架恐龍，滿街都是活生生、肉肉肉的恐的龍，怕見生人的那樣子真像牠的後裔大蜥蜴，可以養來吃。

漂注：漂女不相信人類的鬼頭鬼腦會消失於「任何」之間，最可能人類一度撞擊變成小矮人，小矮人又幾度撞擊變成大巨人，巨人因帶有小矮人的遺傳基因沒幾年又見「正常的」人類鬼頭鬼腦的走在地球。

我把退回來的稿件當擦屁股用，足足擦了半年才用光。

注：這就好比我收集標明「舞鶴」的信封或請柬，用作吐魚刺骨頭的紙用。這樣做，是為了讓舞鶴這個人泯無他的「自尊」或「尊嚴」這兩「尊」是人類自我最大的腫瘤，是精

神衍生物的贅肉。

稿紙聽說比不上娘爸時代的粗黃糞紙好擦，好在我衛生習慣擦後隨即蹲到浴磚沖洗。即就在這拭屎沖渣的過程中，我悟到：原來評審家的眼鏡是終年不沖屁股的，他用稿紙快速擦過一張又張，鏡片被紙毛屎得模糊了，難怪看不清文學有「冷筆」「熱筆」的不同，不用看也看不到自己的屎屁股乾淨沒有就忙著評審人家的。

注：「他用稿紙快速擦過一張又一張」，顯然當時「速食」已登陸本島，「速食文化」正在蠶食都市文化人的心靈，之所以不久後島國就流行「輕、薄、短、小」。

猶有注：漂女猶有甚深意見：動作的發出不一定源自語言的指令但鐵定源自心靈的自覺或不自覺。「連自己的屁股屎乾淨了沒有都不知曉」是速食文化的通病之一，所以「兩相磨」時漫空氣屎味也算是世紀末的風味。又「審稿」與「拭屁」兩個辭彙可以寫成大字張貼成對字聯，說不定可以啟示一些「文學速食小子」或「速食文學少女」。

我生命中的畢姊

想必這時，我辭去了有關文字的職業工作。人類的文明釋出不少暴發力「文字」是其一，我渾身渴望即時離開它去過一種「規域」之外的鮮活生命。

注：「文明」「暴發力」「渾身渴望」「鮮活生命」都屬文字現成品借用，不甚了解我它的真實意義。比如「渾身渴望」四個字我以全身毛細孔的感性兼知性去貼近它都得不到「渾身渴望」的真實意義。如是，文字和構句永遠在形容或闡釋的途中，永遠達不到目的——也因此給文字與構句的自由，既然「達不到永恆」不妨半途殺出去猴齊天一番。「意義」是最貼近意義的現成品。

注：漂女也不了解「意義」這個東西的意義。不過，像化妝品那樣的現成品借用得當，可以讓女人「粉臉蛋嫩屁股色腳趾大大的漂起來」，男人也有迷「色腳趾」就剎那尋到他一時間「生命的意義」，如是，這般由文字現成品的構句在漂女的掌握下也不差漂亮和意

義到哪裏去。

足足大我十歲畢姊同時辭去了出版天下的工作。

文字的毛毛菌在呼吸間不時從書頁鑽入她的心肺，令她在這個幾乎全空調的都市患了一種呼吸毛毛症，發起來像「久咳」又像「嗄龜」。

注：拜七八〇年代「起飛」之賜，島國有全空調的住宅外加全鋼鐵的大門窗柵。全空調的細菌在大廈循環來去，全空調的飛機和地上爬行物，全空調的公有妓女戶和全空調的國家劇院——建造一個全空調的都市是人類的理想，移民月球、金星也頗在望。有極少數人逃避這個理想，隱避到合歡山下買了一塊山坡「清境」過活，不幸空氣是不管人為疆界的，聽說在午夜的清境，就聞得到台北黃昏五時出爐的麵包香，害山中早睡的女人小孩在床上輾轉翻身失魂落魄，——這絕非描寫過當，在我們的府城台南的石精臼清晨六時就紛紛坐著等待七時開始賣的虱目魚皮湯。我自己倒是嗅慣了全空調的細菌，漂女怨全空調不通害她月經不順，「打打氣通了就好，」我說，漂女幽幽說她和都市還有一段難纏的因緣，暫時不能「不如歸去」，我品味著我的夜晚臨睡咖啡無暇理

她。

畢姊世故，勸我一番話，不必要先聲明立屎放棄什麼或不屑其什毛的，這個時代還必需大量「屎用」文字如報紙恐怖字比毛多加上大開本雜誌八卦那且不談——怪在文字到了天才手上就有鬼。

點頭我稱是。畢竟畢姊見多識廣是有智慧的人看我這小人肉肉的卻是非同小可。我不好意思說出「少女的願望」：上山下海追尋偉大的題材，人說大的文豪都曾經弄到風濕痛關節炎，晚年好窩在被褥裏完成不腐之作。

注：有鬼才有魅，立屎無論形聲氣味都勝過立誓。豆腐乳可說是人類市井發明的不朽之作。成其天才必要窩被褥我是千窩百賴不厭的。

畢姊心長語重：看人看事要看當下眼前，「少女的願望」可以留待晚年。

畢姊頗歡喜我「規域之外」這個用辭，可以為她的新生活找到一個貼心的「辭彙解讀」讓她在規域之內的世界有個定位。

畢姊實際引介我何者可謂規域之外：隱在關渡大草原邊緣茅草叢中的「禪農寺」。

注：小說涉寺，並非顯揚它或嘲弄它或什麼私人關係，只因為進出淡水那些年總知那茅草叢中藏有一寺卻百回經過不入，在那般孤寂的歲月中竟成為一種「情結」，且不論是否為了解開這個結，姑讓漂女帶領小說入寺。

之所以命名禪農，據畢姊據禪人緣林寶鑑說明，原始時代的禪人多屬農人，艱苦得一日不耕作就一日不肯食的。

後來禪林更是出個傳名至今的大師百丈三的，堅持一日不食就一日不作的，取傳統並大師之意創「禪農」在島國金光閃閃的大佛坑中獨樹一寺，吸引了多少迷失的「追尋的心靈」。

注：我認識的果子和尚常住的大寺就不是這般規矩。早晚拜了佛上金光早晚誦它經幾回就有資格吃大鍋飯不夠饞的或嫌大鍋的還可以在自己房間開小灶煮宵夜配電視機。和尚果子帶我參觀他個人禪房，冰箱內果子塞到有爛香蕉味有酸釋迦味，果子怨說諸善姊姊

們三不五時送來讓他吃成果子大肚，冰箱上另有各色包裝餅乾，更令人吃驚的是冰箱腳旁堆著二排尺半高的速食麵難道「速食節奏」也流行入大寺嗎？果子和尚其時工作光看管海會塔，他一早在塔前伸展不知什麼拳那姿勢迷倒早起的眾生。果子私下對我說他在大寺的時日也無多了，他「規劃」回家弄個佛壇，以他果子今日的聲名，光弄風水唸經懺的紅包足夠讓他供養天下的羅漢，不必再分給大寺的大鍋。

反上注：「嚴佛」或「尊佛尊到只知佛之一字」的必然厲聲責我上注是「謗佛」，犯了佛制的內規罪，更可能是妖魔外道，又必會說果子和尚是「佛門中的個別現象」，是詆佛的敗類。不過，只要看九○年代以來，禪農也守不住農禪，跑去金山開了大道場搞大企業家班、企業家第二代班，禪七沒聽說過有打禪三的現在為了配合忙碌的金主也可以打禪一，儼然不知為了什麼，建大寺嗎？拼道場嗎？見別人辦佛企業電腦化眼紅嗎？——老來想通了「通俗」，或老來番癲了：都有可能。佛曰：不可說，不可說——不可說個屁。果子和尚絕非佛門的個別現象，是普遍現象之一而已，光看島國小小「精舍」之多再怎樣的深山叢林都有，它精舍隨地破壞自然的全景，山水不幸如是！漂女出來打圓場：人不見得兇，文字倒像三歲小孩玩瘋了管他胡天胡地。

畢姊姊說她是老參了，一上殿屁股就去盤坐什麼，就有小尼來敲木魚叩叩助屁股進入什麼之境。

另有小尼喊我拿殿前的竹桿去挑芒果樹。

這桃果卵子的功夫，我小時候在家後埕就修練多年啦。

芒果葉隙嵌著遠方的山壁，那似乎永遠黃昏灰的純色不動人稱大屯的，我專挑葉隙向大屯的呆頭刺去，就有果子芒三三二二掉入網袋中。

注：老爹還需木魚叩叩嗎？我也不知。想到老道臨終還需助唸不斷，就不必多說。偏漂女多說：「難道他們不懂得寂靜就是最好的送終嗎？」我不禁想起島國民俗的嗩吶，我慢手剁了一塊包裝嚴整的元祖蘇薯，懶懶說：「寂靜是什麼？」

畢姊出來見說挑逗下來的已夠晚飯的湯酸到眾生的喉嚨，可以消化雜牌大豆沙拉油的不營養不衛生不消化。

注：大寺有草菇湯配生炒香菇，小寺有蕃薯葉湯配生煮野菜，能用沙拉油雜牌算是中等的，

修行修心，也有兼修口腹的成就了彌勒大肚腩眾生看那腩肚也不好說什麼。

畢姊合十挾了七八顆，其餘的我攏起T恤兜在胸口一路向廚房。畢姊沿路叨說禪的農寺如何是她的本寺了隨後跟了一句「妳的肚臍有觀音的美。」

畢竟，也不知在什麼奧妙的時刻，讓宇宙・地球・人見識到我不出世的臍孔，之美。

我伸長下巴果子疊在奶子上一時擋住了無法當下印可我美麗的臍孔。我眺望芒草掩映的夕照觀音，幾乎用喊的，「——啊觀音我的肚臍觀音呀啊——」

注：讀大學每上草山便時常這樣吆叫，有時連哲學家也怕了，亂來堵我的嘴。後來才知道生命臻於無明化境時，有大氣魄或大胸懷的便要喊出一兩句，好比祖師臨終之偈，拼最後一口氣要嚇倒弟子眾生他最後修到了什麼。

煩注：漂女頗煩祖師頑皮什麼「無來也無去」，明明是「有來也有去」，眾人目睛看得清楚有去更有來。我涷頂高山泡茶漂女：「無來也無去」實在「有來也有去」，祖師必要那樣說，因為凡人都是這麼說，其實正反合什麼也沒說。漂女嘆：大師之道也矣呼哩呢啦。

常見無有明的眾生，雙肘捧著大壘紙箔，被寺中女尼半請半趕到寺外，將就在野草空地燒給神明和祖先當過節的零用錢。

這禪寺對反對燒紙錢的堅執，可說到了「應無所執」但又應有所執的境地。

錢注：禪者不論前世來生，燒錢便無意思。眾生被「佛教育」相信眾生是豬狗修成今世的，「豬狗料」多虧前世子孫燒來的金錢，又明明見祖先來「來世」不知有無錢吃飯打點。我曾見一寺無備有燒紙錢的去處，貼紙標明只供鮮花，結果眾生「無處便是是處」隨地燒了起來，燒著的錢順風飛入禪房，燒焦了退居老和尚平生坐的臭蒲團，不多時便在老和尚視線的死角牆邊建了金爐，怪不得老祖宗臨終罵：「子孫不屑偈個屁！」

偈注：這「屁」便是他臨終之偈，漂女半生只識得一位叫雲的老和尚的，說他年譜寫得清楚死後要做成肉丸子與溪中魚兒結緣，結果寺中活人還是慣例火化了他還建了龕。漂女每提到或思想到這個就「恨」不能平，恨這是什麼人類，什麼宗風什麼門人……老祖宗明明吩咐的她漂女當時也聽得分分明明的。我維士比米酒漂女：那也不是特例，不久前島國有「得道」老和尚的心願也是與水族結緣，大約當年他建那大寺在青山綠水之間「以一龐然大物破壞了山水的美」也算造孽，偏偏門弟子火化他立龕刻字紀念，不准他隨水族自由去——修道成就不比佛門規矩，臨終戲偈哪能當真還是依佛規辦事有個憑據。佛門說「空」，不自由尚且如此，更不用說凡俗。

芒草間搧西北風的信徒受不了野火勢的炙便開罵了：

做農的也知田埂一角開個土地公小小的金爐做寺的連金爐的錢也省了害得銀錢燒到「虛無的空中」給野外徘徊的小鬼搶了去做鬼做怪啥人知農個屁的連這點燒錢的肚量也沒有要不是看在那張日本博士文憑的份上等到哪天火燒紅蓮寺那時就知啦尚姑還不是同我們屁股一樣凡人也會發燒——

尚姑，是說快了，和尚黏尼姑。

注：歷代以來「姦夫淫婦」最愛開和尚尼姑玩笑，可能也是一種「宇宙求取自身的平衡」，只便宜了市井男女的耳朵，回去加上「之前和之後的性幻想」額外辦好了床上的事，也算是慈航普渡。不知為什麼，歷代作小說的，也愛以「姦淫」來諧擬尚尼，大約小說一開始就被貶為「雕蟲」之事，而尚尼又每標高自己幹的是「頂天立地」的事，

——「唯大和尚是可以頂天立地的」我青年時代頗震驚又心儀人家這句話的自信以及蘊含其中莫名其妙的道理，至今仍不解其「言下之意」只好盲信——「雕蟲」可以「頂天」對，小說家姦淫尚尼不可光看文字表面，必要細究姦淫在每個當代的「動作差異和心理變化」及其歷史因緣。

阿屁注：漂女猶有氣：祖師有阿屁用？若能乘願再來，第一願掌爛自家人的屁股！

寺大和尚看小尼姑不是世俗的對手，怕越罵越不好入耳，便央請畢姊暫代知客俗務諸事。

畢姊派我監著空地的火不可燎原到恁好看的芒草叢，也得監著風的吹向不可往寺內猛薰免得尚尼急性熱騷發炎。

我常追趕風吹起的冥紙，傻眼看它們飄上天去「交零用錢」，有的半空突然消失大約是空中兄弟伸手撈了去，也有的可能規格不符被甩了下來讓我好不容易抓了滿手，待我抓回去歸還紙錢主人家大小早已燒了了事吃過素醉雞素醬鴨回去啦，我只好將就塞入我藍大衣的八寶袋。

注：漂女有大氣，不會小鼻子小眼睛，氣過就忘。你看她這時就把紙錢糊成風箏在野地放。空中的小鬼跟前跟後搖頭晃腦就是不敢伸手偷，都知道是一位玉女羅剎的。

薰注：哲學家朋友有一位軍中同袍，晚飯前就點起大支薰香，在菜田後的裝備諸物室中，果然半年多就得了熱騷慢性發炎，說話像炎菌發的一樣慢中又突然的騷熱一兩句，有傳說是什麼附身可以祕密請教他前世後生，可惜坐不到幾秒就被薰了出來「哎呀撇大條去啦」，後來傳說真的「薰了有效」是獨門的便祕祕方。軍中唯他一個是吃素的，當然在薰煙中獨個吃。

又：漂女很喜歡前注玉女羅剎的。她就不懂上注「便祕的祕方」記它幹啥麼。

晚飯後，自修打禪，我就順手掏出一大把金色冥色的緆紙錢，除了被薰到擤鼻涕外，還可以折紙箭打瞌睡的光頭。

我和畢姊說我害著一種檀香味過敏症。畢姊丟給我一罐萬用油，塗在孔竅就麻木到什麼都不知道。畢姊瞅著那堆緆紙錢說浪費了可惜，順手就用「緊張坐禪」的手心汗水一一燙平。

過敏注：從小我過敏菸味，我爸抽大管菸都避到我娘的裙底間去抽的。家裏偶有拜這拜那，我裝作無事走過，指尖凌空就熄了線香，我娘氣急就說剁了指頭妳的，我微笑說我還會無聲吹氣，不信當時就傳出我爸的吼聲「我菸怎的熄啦呀媽的妳的裙底快來烘起來呀啊——」我娘後來就改點兩支大紅燭了事。長大後我最怕燒烤味，偏哲學家朋友愛吃燒烤前一偉人的心和肝配黑啤菸嘴，其他的都可以讓步就是「哪有哲學家不吸菸的哲學家」，當夜我就不再吸他的菸舌頭無奈凌晨不到哲學家就刷了一百次牙戒了菸。其後幾年間，生活在廢瘴的台北空氣，鼻子黏膜適應了廢瘴，我自小的過敏症才好了些。

引下注：上寫我的過敏事二三，其實是為了引出漂女的「過敏香氣症」，漂女諸事體大在於別人的過敏是不適症她的則是「甜蜜的過敏」。自小廁間的水肥香到廚房的蟑螂香，少女時就愛自己的汗香「原味」到別人家月經的腥羶香，長大後路旁自然的草露香到專櫃人工開發的花蕊精，男人的精子香差不多尤其年輕多帶野草的鮮香，她全身毛孔一一張開親密吸收，最後也成就肉體一種「混香」會隨環境和季節變化的。這「混香」非女人香可比，許多遠方聞香來的香水師都嗅不出是什麼名牌混什麼名牌的味道，技術本位我當然知曉他們想偷剝或刮一小塊漂女的肌膚去顯微研究，虧我早有多年經驗防堵被「混香」吸引到恍惚懵懂的那種男人或女人，漂女看也不是辦法整天被「香癡」圍著不得自由，就委託我經紀三天，我經紀人首先聲明「混香」是不賣的，只給主人和主人歡喜的人親密享用，資本法則在這香上是了無用處的，我們的「混香」支持永恆的無政府主義者，為了跟「金錢實際」作個了斷，漂女願意分享她最「混」得得意的臀香，先來預約排定時間，規定每位香水師深呼吸一下馬上呼出來真空包裝回去研究就是。吸一下的規費我規定美金六仟，呼一下規費九仟，盛裝呼吸的規格各名牌自備總限在一呼一吸之間——一萬伍拿來。呼當然比吸貴，不然怎麼叫「呼吸」。

一整個春天過去，熨好的錢竟有滿滿大口麻布袋之多。

「發了，我發了，」畢姊輕輕抱起布袋，錢滿溢著飄下來一張張。我瞄著畢姊大黑海青裏的骨瘦身子，想著那些紙錢可以充畢姊的肉墊。

注：這時我注意到與畢姊間的異同，同是骨瘦，畢姊瘦到見骨，我是肉不見骨。墊肩墊乳墊臀是為畢姊設計的，我雖無托天之峰，寬肩窄腰翹臀是漂女天生有的。哲學家朋友因此定義：「女人的曲線美背部有勝於胸前。」到底哲學家還年輕，他一直沒有發現自

胸骨之間有一弧曲線隨呼吸起伏直下小肚湖，當然「女陰之花」的祕密崇拜者會以「類似」一詞概括，完全無知女陰差異有別各擅勝場是可以專研一生的「女陰之道」，這不是那種「女陰崇拜者」可以同日語因為崇拜他就不敢細看「聖相」，世界存在或顯或隱的女陰崇拜者甚者成為教派，但真正在「女陰道」行走的人恐怕天譴的少。

墊注：小男人遇到大墊如陷肉沼中一無是處。大男人憬遇大肉墊則肉碰肉骨對骨無個餘裕周轉處。唯小肉墊「蛇刃」有餘塌你一下她又溜了去刁鑽回來時讓你溺得更深。

注之不止：我甚嘆那些吞了人家口唾在嘴腔「營造」出一大堆濡沫的藝術家所謂。有人畫「女陰之花」畫出如花的藝術，就有人用照相寫實放大各色人種的女陰開展，「女陰當然可以獨立」但它既是女人的一部分，它就有一個絕妙的可能就是跟主人的臉啊，胸啊，小肚啊乃至表情配，這一配有可能閃現出「藝術的真實」，而非肉體的局部「事實」，我可以打賭看過女陰展三四十幅女陰面相的人出來街上，他還是如前的茫然：不知哪個女陰配上迎面走來的臉，甚至問他女陰的類型大分如何他也是一張被女陰模糊了的眼珠子的臉。

漂女當年讀肉墊專校的。畢姊是讀當年國貿的，不愧貿易國際本行，評估進而提出板眼分明的「禪農寺集團附屬雜貨批發行」的貿易計畫。

我見寺內外貿易有來有往，日見人頭盛，當然多虧寺中那張佛門第一博士文憑引來信徒斗量的增這且不論。

光論俗世來插線香的有燒紙錢的需要，有買花供佛的需要，有擺四果到八果過海的需要，更有送糕餅點心水果，給大小師父當「藥石」的需要。

寺中每日大事是採購素吔食物的需要。

注：所以每寺標明清靜法門，小寺可能隱在半山腰的自然清靜半餓不死反正還有野菜絲瓜，大寺清靜不得無俗人走腳就無壽量的供錢，無僧人出腳大廚房哪來滿四處的僧菜。三四十個僧尼就無處不見僧衣的袂襬「劈啪」得空氣都是，尤其等待供飯的鐘聲敲響前。傳說古大寺僧尼七八百人，那就是「屎尿修行集團」了，光屎尿的菜肥就足以養大僧葫尼瓜，成就儼然自給自足的「葫瓜集團」，不賴寺門外的豬狗市場，每見大寺一入門便見「雄大」威嚴坐鎮葫瓜緣由如此。

纛注：記得驀然曾經哲學家分析過，凡成功大事業者必先有指導原則後有行動綱領，前跨世紀俗人才記得到今天恩馬列毛過不了世紀末已在「菁英吧間」過了時，時為一九九九年七月半。我因問畢姊計畫的最高指導原則是什麼，畢姊正經了半天，「不外肥水不落外田嘛，錢無大小一毛錢都要跟師父三七折賬的」——原來是「三七仔配」。至於行動的綱和的領，依圖書館藏的那本「國際貿易的理論與實際」也不會差到哪裏去。漂女聽得理論嚴謹又失之以「三七仔配」，一定渾身毛蟲癢。等一會再治治她毛蟲。我頗後悔當年不是「貿易」出身的，不然以我收破銅爛鐵的功夫，早就把這島國也賣了免得今天麻煩多多。我兩腿一夾管他什麼寶貝就破漂女裙子而出應聲「有」。

畢姊規劃在寺的斜對開一幢鐵皮雜貨量販店，既不衝了寺的門面，又滿足寺內外的種種需要。

畢姊鼓舞我釋放出「文工企劃」本領，批貨進貨退貨賒賬記賬結賬海報兼宣傳。我無可也無不可，倒是「文工」這兩個字令我一身皮膚乾搭癬無個濕處。

注：自從二三〇年代「工」字當頭，美術就出現了美工，文學也跟屁著「文工」。既是「工」字本分，原是為主子服務的，料不到工人翻了天工人無祖國工頭就到爬到女神的屁股頭。文工開始企劃文學，作文學的本多是文學呆子，被企劃了不知道、知道了也佯作

不知道，先是「文學運動」熱鬧上場，接著「文學論戰」配合血肉戰場。美工那是不用說了光看每回選舉就夠，「文工」在經濟起飛人心浮誇的島國又悄悄上場，這回它要「企劃」什麼，敏感的本島詩人也感覺不到，何況遲鈍的小說家。漂女聰慧：先別急著理睬它什麼工，潮流藝術紋身當道，有可能它企劃「紋身文學家」，是大一統圖案或個別獨立圖案，就快傷透它工的頭，「等待吧」，文學家也要吃飯養小孩和一般人共同等待世紀末日快快來臨的那一天。

又：得一句「文學的身上爬滿文工的細菌」。

畢姊大義凜然：這也算是對佛祖盡了孝，對大師盡了義。

我問她寺中意思如何。畢姊答：師父眼界高過大屯豈管這等蒜毛閒事，之下的都在悟與不悟之間恍惚度日，向伊們說這等「雜事」也聽不悟道。

悟注：眼界高過大屯果然看到金山。

我的「雜X生涯」

老參畢姊的修行屬「自力救濟」派，也就是不光唸幾句咒語憑「他力」就可了事的那一種。這行事從蓋雜貨店也可印證。

畢姊向寺中借了輛推柴薪的手推車，每日晨課飯後便向關渡大平原來去掃蕩，舉凡鋼皮、鐵皮、鋁皮、豬頭皮、石棉瓦、稻草綑，都手推了回來。畢姊嘆現在野生的少了，不然牛的糞餅最合適貼實風的隙縫。

注：野牛其實陡增了最近，有孤寂到即將發瘋的老芋仔棄守了多年的牛欄，野牛向深山縱谷集結平日不願再見人，也有口蹄牛將撲殺的前夜成群「反撲殺」逃向暗夜的，奇怪一離開人的世界奔在深山的泥土蹄就好了吃亂草野芒口的病也無病了，在島國目今牠們有幾處集結地都是人跡不到的縱深山谷，他們有幸過著「野放」的生活，再有人靠近團團的角尖都是朝外的。五〇年代「白色」後，野放的人想必所在都有，不過野放自己到深山洞穴的少，野人大多知野放回都市的家是最安全的平常幫點雜事大家都知他

是「頭殼」有問題的無事人。八〇年代的選舉場合是他們出現聚集的地方，野人時分二派，一派站在台前舉拳頭吶喊的，多數一派在群眾的屁股後萎著手腳只唇角帶一種曖昧的笑。到了世紀末，野人也老了，大多蹲在家，種種花草，吃幾口飯啜二三杯太白酒，茫然的看著電視畫面尤其新聞報導，「遠方還在戰爭」，「鬥爭與反鬥爭的理想性是永遠的」，「統一一二三獨立五四三」，白色很少出現在灰色的夢中。

我揣模「文工」的本分，文工的工作可能在於「文學性的作出架構性的實質貢獻」。我早就文工完成鐵皮屋的架構。

兼及內裏的「文工性」裝潢。

幾回隨畢姊遊蕩大草原。我最愛摘茅草尖，胸前奉之不足的就丟在推車上。畢姊罵，「茅草重比鐵皮，要我彎了背脊是不是？」

我慰畢姊，「茅草尖正好作室內插花的背景，什麼流的用枯枝乾梗，漂之流的用大渡茅草，到時不僅潢了鐵皮屋，還準是搶手貨哩。」

芒注：何時不知管芒入了本土詩，本土散文、本土歌。「啊看到管芒使我想起離別的憂愁」。「哎唷喂我的相思卡親像風中的菅芒花」。菅芒的出土與入詩入歌應該可以派給學院作論文。自小，芒草是印象派的沒有抽象到憂思，埂邊溪傍崖岸的芒草自生來就是島國的樣子，風味是藝術家聞出來的，「帶詩意的草根性是屬島國原有的民族性」是政治意識形態詩人定義的。我曾在一個排灣部落的廢墟中，見到偌大一片幾層樓高的菅芒林，芒草尖的白是要以「極仰望」的角度才知道它襯著藍天，「這也是本土長出來的菅芒哇！」那深入土地的，出土向天的該是潛伏著怎樣的草莽的爆發力啊，不是都市江湖走唱人腔調中的情愛菅芒，更不是偶爾野遊被菅芒感動的詩意。

土注：我不是「政治本土派」更不是「本土文學派」。本土生活在日常中，日常生活在本土中，無法疏離本土成為一種「派」。本土渾然完整，只有文化評論家才會用心去分別「真本土」「假本土」——難道他不知經過思潮亂動的二三〇年代，政治動亂的四五〇年代，所謂「真假」這一對邏輯實實早被現實的經驗超越了。七八〇年代已慢慢消失了「真假」。時至世紀末，沒有「真假」這種語彙，只有「我要」「我不要」「我喜歡怎麼樣」「我放克你」「你放克我」「遜死了，酷斃啦」「搞個屁爽」等等又等。真的，談及真假人人愕然像阿呆只有LKK還有點反應，談到「真假本土」大概只有提起的人稍微知道、聽的人一直在真、假、本、土四個字間作文字繫連組合的功夫。

雜貨販店擇中盂蘭節開張，我用小手寫上鐵皮幾個紅字：本寺附屬專用雜貨店。遠眺來朝禪農的車子一邊沒入大馬路車流中，另邊則消失在大屯山腳的嵐霧。

我鎮守店內，人來人往要涼水的要紙錢的要插花的要果子的都採自助式都拿來我面前結賬諒無膽小子誰敢在佛前放肆。畢姊則不知寺內外走了幾多遍，大多作師父尚尼的二手欠了什麼要件即時送過去，途中更常殺出來祭什麼的眾生請畢姊指引「合時合寺」的糕餅果糖。我雖忙著算賬，可看準畢姊拿去什麼另立一賬冊。「去」，畢姊的嗓音沙啞帶嘶，「外面專賣的什麼都賣——」

注：不是什麼都可以賣的。畢姊這句話有語病。不過，從資本主義的觀點及實際，沒有什麼東西不能賣的，肉體都可以「計時出租」何況精神，世紀末流行「電視論壇」以「廣告計時」的形式出現，那種精神計時的緊張到肉麻實在有甚於肉體。漂女的看法是：都賣的可以只要是東西。

惜注：可惜那些「規範什麼不准賣的主義」紛紛倒了店，店倒的慘象是無秩序的大賣特賣，大約想在幾日內拼過主義資本，搞資本的老奸了二三百年當然百般門道趁此時牟其利，很快的就察覺到賣無可賣了沒有什麼賺頭還痛省自己沒有真正學到手段資本。這時，老病的主義資本家開價了：「肝一粒美金三元」「腎一粒美金五元」「睪丸一粒美金五角」「心臟一粒出價就買」。

有位資深女尼來讚畢姊是在「行動中修行」，分類屬「動中修」法門，是屬今日島國的修行主流。畢姊謙說，她多年在社會行走練就「兩腳交叉得快」想不到今日用來供佛說不定有甚深功德。

那日，忙到夕陽不知下山或海。對頭寺中似乎安靜了，鐵皮店中蠟燭燈火通明不忍歇了下來，燒了整日紙錢玩意的空地隨風帶入來一股焦殺的甜味，畢姊率我結賬，開張這日就進賬超過二萬元有餘，淨賺總在千元大鈔不知幾張之上。

迷注：小時，午前常有托缽僧尼來敲木門，倒給他飯菜就稱謝離去，頗有「原始」的風範。又幾年，站在菜市場入口或馬路一邊的尚尼，缽中要的就是鈔票銀幣了。待到經濟起飛，島國人心惶惶，應了那句「物質富足，心靈空虛」，大寺隨著大百貨一家家的建，每一根寺柱子都刻上島國金主名字，有間大寺午齋的流水席一開二十幾年讓人不禁嘆島國的氣派如是。真到後經濟了，也許利害爭奪，也許分配不均，「寺正統」公告有妖孽三隻蟲正在「皿」惑人心，社會才知有男人「對眼」女師後就拋妻棄子守在師父身傍的，有丈夫走遍全島道場尋找失蹤的妻女的，有預賣死人塔位拖延不建的：實在「需求過剩，變態者多」，更可議的是島國的人心怎麼變成如是這般了——。漂女有朋友的朋友，都是大學的「正或副」教授，授課之餘的日常大事便是相偕驅車上苗栗九狗山去瓶裝一池法師喃唸過的池水，帶回去當日常可樂可以治腰酸背痛兼形而上或形而下的不適，更傳說信信九狗山腰有一半僧半人的修得一隻「抓筋手」，任何體位不適只要經他手一抓順到可以好睡三天，當然筋之為物是最容易上癮的。昔時說，知識份子迷失了，還有農民與土地可靠，今天，村莊社區化了，農民一躍成為社區人士，鄉鎮城市化了，土地的味道都「城鄉化」了，世紀末的島國類分二種人「全或半」知識份子，十全知識份子在電視上談玄論道進入平地深山每個家庭：知識份子迷失而不自知，島國還分得清東西南北嗎？

修行注：島國既然生長在波浪搖擺之中，自然島人的屁股是坐不穩的，不論經濟起飛之前之後，「行中修」都是島國修行之道的主流，修行得以在行中見，修行得以在事上磨，道理自備自足，其「漏」是自見或永遠被見，事上有否磨出多少「修汁」，這層凡人永遠不見不知連修行人自己恐怕也恍惚，不過有事功在「佛光」「慈濟」功在修行，這種「功業帶修行，修行成功業」的現象可謂島國一絕世界也可列入奇觀，無怪「禪農」系「覺中」系急起直追。漂女告訴人家她有緣讀了幾年寺經傳，寫明大祖師剃度時有三大立志，一、不開大講座，二、不做大寺住持，三、不收傳人弟子——大土地的大和尚到底跟小島和尚是有「甚深悟別」的。

又：我平生忿不能平，親眼見府城敲掉「全台第一寺」竹溪的四合院老建築改成一例大雄寶殿鋼筋水泥，時在七〇年代中期也沒見有良心有文化的知識份子帶隊反對，等到九〇年代中期在安平延平街才看到這一批知識份子，可是浸淫了多年的「沒有文化的文明」的島國人民已經打拼成刁民了，「有良心有文化的」只能作類「備忘錄」的工作。

當下理該慶祝一攤，免得鐵皮財神不高興我們不懂恩義。畢姊說不必擺宴白天視那宴桌自大殿擺到寺門實在有夠煩的人類。畢姊要我打電話給「知心的朋友」分享算盡了「人神共憤」。

注：此「憤」字意為很生氣的享用它一頓，人神都越吃越生氣神這種人。類畢姊這般殷勤人

前人後實在心裏「幹它有夠煩」的人間事，屢見不鮮。漂女想不通為啥為什麼，畢姊即問即答：為了做人啊，你不會做人嗎。

我禮讓畢姊請她的平生知己來共此風光。只見畢姊害臊說：十幾年來她在社會事業來往分合「知己」竟一個沒有，尚尼可以算是她的知己，但尚尼不是朋友。

我心想上段那「竟」字用得太過了，素而不肉又不喝平生哪有知己來，自古這句就沒有「素肉朋友」。我念頭一轉就到草山，還待在那亂草枕上吃喝的朋友多的是，每個年代畢業後守著「戀草情緒」幾年解不開的都有。

我電召忠狗〇一帶吉他過來，電召忠狗〇二帶四人份滷菜哈啤過來，都問明「哲學家朋友已成過去式啦」都剎那答應飛飆過來——殺。

殺注：男人總喜歡用殺。漂女說不殺不帶勁。不管是「騎馬射箭」或「少年猴推臀車」，總要苦到帶殺。記得過去式的哲學家朋友曾說：性交是殺戳的替代。——想必如此，不到殺戳的「極速」或「極道」他們感覺不到性交。所以，沙豬式的男人也不自覺採取了屠夫式，而且常見屠夫不理鄰攤屠夫，辦公室沙豬不睬別的沙豬，原來他們「性交殺過了」精子沒有力氣，地球才能勉強「平和」到現在。

注：我見到最慘的是守著「大學城情結」直到晚年，入棺時牛仔褲套上二十一歲時大學服。「永不畢業」「永不離開」這兩個「永不」鐫刻在六〇年代某些心靈上如今也模糊了吧。

畢姊守著〇一的吉他唱起七〇年代的情歌，我好訝異修行之餘畢姊忘不了偌多的情啊愛啊歌詞，吉他〇一是沒畢姊那麼老時代他說這批歌是他練吉他時的練習曲，難得今天重溫吉他學徒的浪漫生涯。

〇二在士林夜市切了大大一盤什麼都有的肉來，有頭皮有屁股，畢姊聲明再三她是素的呢，〇二說明他的雞平常無事也是吃素長大的，所以素的雞屁股無論理論或實際都是可能的，畢姊瞧著〇二的三角背心裝裏的肌肉一時呆了竟被〇二乖乖餵了一口雞屁。

我冷眼看〇二的肉肌和畢姊姊的瘦骨倒是絕配，可以互補有餘與不足，我猜〇二懂得俗諺「瘦田能吸水」的道理，就讓他又餵雞屁股雞尾酒畢姊姊。〇一同我說了年來草山發生的不可告人的諸事。

注：不可告人諸事譬如上學途中密封嚴整的大公館最近又換了保全還新來了二隻狼狗，山上老少都知白天主人出門後就只有富貴的婆婆和富貴人家的少奶奶，料不到換了最新型保全後白天大公館常發生一種呻哎，有時婆婆腔的，有時是少奶奶腔的，這是經過一學期的聽覺經驗學生才電腦分析統計出來的，後來還分析出許多種不可告人的聲調來在不同的時段，「快別說了，」我忍不住捏了一下〇一的大腿，我怕畢姊偷聽到忍不住也發出聲音。又譬如不可告人者新人類學生最愛風高夜黑一筆一筆尋向墳墓，想那草山墓場是民國以前就有的，可以上溯到「草山文明遺址」，有各自占一個墓庭的，有三五人窩在一個墓庭的，衣物拋得墓碑墓拱都是，聽說比床上酷上百倍，——這是不可告人，它的專利權屬於世紀末的草山文化，「想那墓的造形可以弄出幾種特殊的姿勢，」我再捏一下大腿〇一，怕畢姊聽到了濕了地板滑倒了〇二。又譬如流浪多年的老嬉皮阿Q回草山定居了不可告人。又譬如守了近十年的痟查囡下山作一種「性回饋義工」不再回來不可告人。

補注：在島國據考據這類文化以草山文化、大屯文化、大度文化為最。又阿Q流浪前不可告人的嬉皮文化之多寫不勝寫，阿Q回草山不可告人就是「暗喻」他後草山時期不可告人的「瀕死文化」會更多。

「啊多少心靈為之迷惘，」我感嘆，「破網之時已到中年棺木在望。」

直到〇一彈起「某年某月的某一天我終於進入你的內裏」，我們才找到共同的語言，我頗好奇畢姊怎會唱八〇年代的靡靡之歌，那不是個反抗的時代嗎？畢姊半倚在人家的臂肌，「我勤練靡靡之音用以抵禦反抗。」

我幾乎躍坐上〇二的褲襠，才看得清楚畢姊「言語時的表象或實象」。好在〇一吉他梗在中間，原來，反抗是性慾的一種表現形式，反抗的人不自知卻被上班族如畢姊者察覺出來了。

你進入我的內裏終於在某年某月的某一天。

注：反抗在於表現性慾，最衝的反抗者人人羡那最強的性力，之所以偉大的反抗家同偉大的暴君一般夜夜需要發洩七、八個女人，不然剩餘的性力就掉了幾個無辜的人頭或又發起另一次「運動」。創作之可悲在於「也是一種性慾的表現形式」。島國某位自命最偉大的反抗家，長期牢獄之後大家都期望他帶頭搞一番「大的反抗事業」，不料他一直「正在性慾中」，要反抗者等待永遠的那一天。

姊注：畢姊說她不是被嚇大的，她少女那時哪有什麼「運動」，她也不是平常就愛哼兩句你情我愛的否則她也不會去修行這個那個。八〇年代的某一夜她下班回家被「反抗的場面」嚇得真的想連夜離開這一塊土地，後來這類運動的場面越來越多，她也開始學唱靡靡之音，臨睡前她總哼著一首「泥鰍歌」在哥哥妹妹間睡去，就這樣挨過恐怖的反抗十年。

畢姊說她半生常不自覺就被牽著鼻子走，其實她心裏明白，只是被牽著「也是一種人生的幸福」，像今晚她破了酒戒、葷戒、肌肉戒，她早就拿出「應無所住」四個大字來支撐，誰也不能說她怎麼樣。

我們為有人破戒而同聲高歌畢竟「破之一字是人生大事」。

當我們唱到「風中的什麼」時，隱約聽得分明對牆傳來合聲合音，畢姊嘆「啊靡靡的幸福感動了少女尼姑的心靈」，我凝神細聽，並要〇一吉他轉調，對方還是能合而且你儂我哎的分明不二，我不得不大嘆，「石頭生毛，光頭菇發新毛嘍——」

時近午夜了吧，尼俗混聲大合唱正當「攻頂」，突地被「喝」一聲山崩巨石硬是擋了下來。

喝注：〇一的絃被「喝」聲斷了二線，畢姊的骨尾錐被喝沉了三寸有餘，〇二擋不住座椅往後跌倒骨錐刺的痛令他大肌當下「消瘦落肉」哼聲都出不了口，我則憋了整夜的尿再鎖不住膀胱衝破底褲一柱上仰三〇度越過寺牆打中飯堂前的磬鐘尿叮噹尿叮噹個不停，畢姊抖索到酒意都嘔了出來滿地滑濕還要向我們大家開示：「那是發自師父丹田的——阿喝。」我見不少尚尼在夢中被尿叮噹醒習慣動作走向廚房飯堂，那夢中想著口腹之慾的動作之美若浮標起來傳給後世當可比飛天散花動作之美。

畢姊一口氣熄了燭火，萬籟都靜了下來。有一根什麼東西硬綁綁從我破尿口插了進來，我幻想著古今讀來的祖師的「啊喝」如今親耳見到真正是令人血脈賁張高潮三秒就到，那根也不過來回三下就激情的洩可見精子所有統通被喝到龜口，「——喝得真爽」我禁不住爽嘶。

同時聽到畢姊求饒的哀聲，「我是處女永遠的不可以破的功哇你再沒有禮貌——我就告到——師父去——」實在聽不下我循聲摸向內裏去摸到我鋪在厝後的芒草再摸到畢姊姊的濕滑溜手的大腿吧，我使勁擠到畢姊的身上撕著嗓子，「這時求師父沒鳥用的不如求我小妹妹

——」

我感到畢姊攫扒著我渾身發顫，同時一根台灣ＯＸ在我大腿間亂鑽，畢姊姊的瘦骨敏感到「饒了我吧不能破的我告師父去」可是明明記記鑽撞在我的腿股間，直到ＯＸ台灣正對屄破口頂了入去一切才入定了下來畢姊也同步的「喝」了一聲。

台灣ＯＸ頂在深處動也不動，我感到汗濕自畢姊的瘦骨淫淫滲出來濕了她的我的衣衫，我腦海搜尋古書有無記明這些入定後的現象之一，無奈「肉體有它獨立的生命」我翹起屁股左三轉右三轉直出直入三下，同時禁不住「哎喝」起來，隨後也聽到畢姊姐的哎喝聲緊跟在後。

我哎喝到毛她也哎到毛，我哎喝到嘶人家也哎喝到嘶。

淫之一字注：漂女告白性學家才明白原來後文明以後女人才得自然恩賜一種學名「連續性高潮」，從哎嘶到喝就有三種不同的連續性高潮可證。又，漂女自身體驗告訴我才分明，每回高潮像閃電像蜂湧或一波波來時，她全身的毛細孔都張開，淫汁不僅射自不可告人處，淫汁濕了肩胛背腰腿旁連髮鬢都濕了——這就可以解讀為什麼畢姊姊汗濕了她的和我的單衣，因為沒有肉脂肪撐擋汗濕了無窒礙從瘦骨滲迸的出來。這又可以解讀另一現象「為什麼世紀末女人追求瘦身」到厭食的田地。

淫補：所以必有「連續性」才有稱得上淫淫，必要毛細孔全張開讓「淫淫」有個出處。其餘的只是豬狗交。

直——到有了另一聲「喝」，宇宙才得「以洩定」。

有一椿肉肌貼在我的背後也不知多少時光，「我的骨頭裂開了，」畢姊貼著我的耳鬢說，我才恍惚過來屁股一頂便把那肉肌頂到哪裏去，「再抱我一回，我好怕，」畢姊的聲音黏黏毤毤的那種抖，我抱緊畢姊感覺那抖真是出自人類骨子的深處。

「怕什麼？」我恍惚問。

「師父罵。」

又喝注：此喝非彼喝。細辨之下，分明前喝是滿純粹的「喝」一聲，聲振磁場可以上通天聽不只斷絃。此喝則喝的尾巴帶哦音，實則是「喝——哦」當頭就有朝向結束、腐了、死亡的味道。所以知，祖師之喝不同屁股上的喝。

恍惚注：被壓或「被——」的恍惚快感是人之所以忍受「存在的痛苦」的決定性因素之一。

搖頭丸、擺臀丸、快樂丸等等嗑之目的就是為了達到「恍惚之境」，國家法律這種「知性的固體物」不能體會極感性的恍惚，我們替這些「固體物」遺憾而已連一聲抗議都不屑。漂女有一位極美極瘦的朋友，在三十五歲這一年設計並實踐了「恍惚之死」由完全清醒被肏到恍惚中小肚搐攣到心肌，我們朋友在她的閣樓舉行了「由黃昏到黎明的歡宴死亡祭」，祭場的氛圍與主題是「恍惚」。這極瘦的美女是島國世紀末都市「重頹廢」的代表性人物，漂女結束追尋之旅後，發願要以一個長篇小說「書寫」她讓世紀初的人「閱讀」她，——有這麼一個人存在我們的宇宙星球。

抖之注：那抖，漂女有甚深經驗。如果午休時舉腿過度，必然抖到晚餐時。如果午夜舉腿多半抖到黎明一線。那抖細細碎碎又分分明明，意志、拿捏都無能為力它，你不能不承認有一個活生生的生命存在那抖的深處。

果然師父的嚴聖之威一早就到，知客大和尚領著兩個助理小尼姑來敲鐵皮屋傳聖旨：

一、限兩日內拆乾淨鐵皮屋，二、逐畢某人出禪農門牆。

畢姊當下把齊耳短髮扯揪成披頭散髮，兩爪如豬鬃拔子二三瞬間就要拔成光頭。尚尼看呆了，這甚不同於他們的光頭儀式。

姊姊畢呆我且不管，我挺奶對著和尚的蒜鼻：「回去問清楚誰有權限拆人家房子、丟屁股出牆，你們老人家欺負我們兩個小女子，是不是？」

尚尼朝鐵皮內裏張望，可惜〇一〇二完成「射的任務」後機車馬上離去了。我罰和尚在鐵皮外等著，召兩位尼子進來，拿出賬冊，「這是近日間寺裏的欠賬，執回去好好算賬，清楚了先來結賬再說。」

注：我最氣女人動不動就哭，世紀末流行「酷的小女子」不是「哭的」。像畢姊的反應只差沒哭，就「表演」得成功非常，回去嚇嚇老人家新時代的女人不是舊時代月經一來就不准過佛面前的女人啦。我小時親眼見祖父不准我娘拿香不准靠近更不用說「路過」佛壇，我少女了每經血在腿股之間時故意在佛前磨菇尤其暑熱時，我祖父當著我爸訓我一次，當日黃昏我就把說是對岸過海來的「大陸觀音」摘下來晚飯時夾在裙內腿股之間，幾口飯後趁大家還吃著我衝到海邊把它丟回海去，——大概就是那年秋天開始，每黃昏我去散步，觀音婆婆就跟蹤我到家門口。

注：尚尼本分在修行，辦佛已是墮落了，還想來「抓姦」不務正業如是我聞不知第幾次了。世紀末的「射事」特色在於不射不離即射即離，誰等你抓姦的到，人家早已回老窟睡

大覺了囉嗦。

注：我給的當然是複寫本，昨夜黑暗中閃電夾浪濤一波波的來怕淹了大地臨時抓過桌上紙呀冊啊的墊在屁股下，——剛拿給小尼姑時複寫本漬了三分之二，實在可觀，我忙找到正本整冊都濕透了正在自然風乾中。

我聽到畢姊姊囡囡的哭，大約表演完人生的正戲上場了。

「沒失什麼，」我慰畢姊窩在茅草舖上的濕乾帶腥香。畢姊哭修行幾年還被人逐，鐵皮資本短時間轉手無望，「是我們的錢哪，」畢姊哭得像大娃，哽巴的說她最傷心的是忙了一夜沒有爽到。

「沒爽到？」我青天吃屁靂，那源源自骨子奔出來的濕是為了什麼。「沒有真正爽到，」畢姊哭得像棄婦。我想怎麼可能，難道世紀末「射術」退化到如此地步，難道女人的裝飾音進化到騙男又欺女的境地。

一切都在恍惚之中。「妳只顧自己——最自私了，」畢姊哭倒腥香窩，我瞧她那露半邊的瘦臀，真想叫桌上的打洞機過來替她打幾個洞。

可能注：一切在恍惚中，什麼都可能，唯那傷心到欲絕的樣子，是真沒有爽到的了。當時恍惚之中，我不顧淌到膝窩的雙腿跑過壓在畢姊身上，大約一來怕她處女經不起摧殘，二來抱緊她讓她知道有我漂女在不用怕，哪知「射術程式臨時失誤」要怪只能怪「人事」。人事在恍惚之中，什麼都可能。

爽注：畢姊姊哭得有層次是可以「接受的」，沒有爽到那種失落感在臨世紀末的今天是有勝於如喪考妣，像是準備好星星旅行了臨時零食過重被除了名的那種「落死狗」，像是快要體會生命原爆了臨時濕了引信因為包裝引信的管子沒有考慮到淫液的侵蝕力，像是原本要體悟「生死一如」了卻在黑暗中找不到「欲仙欲死」的入口。漂女說，新或新新人類可類分二型，一型屬「爽到就可以死」另一型是「爽到死」。

午時剛過，尚尼就來回佛音，說沒有寺總務蓋章的「本寺歉難認賬」，還說賬冊暫時扣著，必要時告官偽造文書，明天就請拆除大隊拆了妳們妖魔鬼怪。

我回說，東西都是「佛手」拿去的，還需蓋什麼嗎，「正本快乾啦等它乾我就去士林按鈴申告，一一傳沒有章蓋的佛手去問。」

和尚青著臉皮，「法官多的是師父弟子，要告我看妳們都找不到。」我說師父走後庭也不奇怪，我們小民還有「自力救濟」銃到後庭也有可能，「師父沒看到賬冊是不是？」我笑說「下體擔不起就讓上頭擔，回去賬冊請師父過目，還請他聞一聞，嗅一嗅，如果他要正本的原味我們這裏也備的有。」

「外道畜生！」和尚罵了一句，兩小尼姑紅著臉默著。

注：外道畜生字正腔圓又帶尾勁，聽來具「語言的美感」。小尼姑紅著臉不知為什麼。那和尚按寺內規即時犯了口業今晚回去準生瘡，痔瘡。又按，島國的法官的私桌，除了六法全書外多有佛經幾冊不時翻翻法、佛、書、經兼顧「斷案也只能如此了」。「下體」可能賴皮，作師父的賴不下臉皮來的。禪不談妖魔鬼怪，也無論什麼外道，聽那和尚用語就知只是個辦佛人，禪世無前世來生，那辦佛人奉著許多功德到死亡的懸崖……

畢姊淚眼帶著一抹微笑睡著了，想來她在爽與不爽之間奔跑來去早就累壞了。

我是在恍惚極靜中睡熟，連「射人」走了都不知。我環顧著，鐵皮雜貨店，心思全無，嘴角浮起微笑。

畢姊泡了一包素菜雞絲麵當晚餐，燭光下她的瘦臉和凹深的鎖骨肩胛間盈滿一種滄桑的美。我開了沙丁魚罐配玉米綠巨人。如果我是男人，我會愛上畢姊不會愛自己，那瘦骨肩胛是可以把握的有型有樣有線條，我這種不漏骨的沒有一個地方一塊肉是可以拿得捏住的。

畢姊說她筋骨都酸累，「那當然，」我說，「豈是容易的。」畢姊自去坐在茅草寮上，我百般看著燭火焰躍騷不止終於看出其中鬧著的是白天隨和尚來的鬼怪妖魔。

我臨時起飆，丹田傳音到草山給忠狗○三、○四、○五、○六，○四不在，我婉轉叮嚀○三、○五、○六帶白酒兼搖滾器物來。

注：我隨前任哲學男友在草山混了多年，其間草創「草山文哲社」，專門幹一些只有文學家哲學家敢幹的玩意，後來自稱藝術家的也來了，份子雜多起來，不知不覺形成「草山集團」，集團鼎盛時忠狗忠貓超過百人，且多是各方高手，譬如漂女是集團中最漂的草山人有一句：「我是漂女集團的」馬上就顯示不是一般好惹的，不先稱稱自己骨格膽敢惹上漂女叫你一刻二匙間酥到肉都留不住只剩下包皮，那種集團的魅力與威力比如我們的媾通完全不用一般語言，有用身上蓄積的電波的，有像鯨魚唱歌的，有用管絃合鳴的，有用腦波空中交會的，丹田傳音是我獨家使用的，集團中每一隻忠狗都記得不管在哪。

我剛好煮好一鍋蔥蒜蛋湯，○三○五○六就到。我到厝後吩咐畢姊別管啥事，只需先養陰蓄銳。

○三嘴甜，「哎唷漂女想不到更漂嘍，」○五肯定我的哲學家朋友暫時不在才把樂器放了下來，○六一眼看到畢姊直入去跟她和番一番，才出來叫一聲，「漂姊，想念不見。」

我們各大碗白酒，配一大碗漂——的蛋湯，○三○五○六就重搖滾起來，我跳上桌子只一件紅色小可愛套一件黑披風就主唱：「愛妳去死愛到墓仔埔」「滿街都是寂寞的人們嗎？」「藍色的宇宙藍色的憂鬱」……

主唱唱腔啞嘶可比鎗與辣妹與玫瑰。

注：我常想起一個被槍斃的曹族少年，他十八歲的生命最大的願望是去一場現場搖滾音樂會，我的悲傷在於那是「一個十八歲生命的最大願望」，也因為這深沉的悲傷，九○年代島國興起的搖滾現場我是從不與會的。

注：「漂——集團」之可愛在於她永遠是叛逆的。世紀末文學之可憎在於失落了「叛逆性」而不自覺。所謂愛人之可恨在於不能容忍愛人的叛逆。

愛人之可恨，在於不能容忍愛人的叛逆。以這一句話一個念頭，我體悟了何以時過午夜寺那邊仍以寧靜容忍啞嘶派重搖滾。

我以一曲「愛你愛到大屯頭」，結束了鐵皮飆歌。我溫熱蛋湯，一人一大碗白酒配蔥蒜蛋湯，我淡淡告訴樂手這葷湯原本是要淋在衝出寺門抗議的光頭上的，「蔥蒜蛋還是滋補長髮的實在，」〇三說，〇六同意，同時把馬尾一大辮拂到胸前。

我想留下三人同窩茅草舖再來一番風光，也可補畢姊的憾恨。畢姊搖頭說她還是全身酸累，我說動一動可能起死回生。「我——」畢姊苦笑，「脫水了啦。」

無水了那就不用再說。我把住〇六的馬尾同三人飆到出海口，在沙灘上看月光翻浪，小浪去了大浪去了小浪，月光都普照到。

叛逆注：漂女的叛逆最初是以「詩的形式」，升旗時她心中默唸：「升起我的薔薇三角袴，展覽上升我們的國家。」降旗時：「啊請收起我的三角袴薔薇，讓無辜者壓在黨國的枕頭下甜睡。」大學時，創「薔薇詩派」，派下有祕密多人出入，當時許多大學都嗅到有這個詩派，只是不得三角袴腳而入。

恐怖注：畢姊患的是一種「恐懼進入症」恐怖到念頭時常轉到一進入她那不知在何處的深窟祕口她就立時死了省了抽插。人與人相交最後發覺無能媾通的「恐怖」，人會仰望星星，感謝宇宙萬象並呈讓你多了解「另一種存在的形式」。

恍惚何時星星王子把我放回茅草舖，覺到畢姊在我的耳鬢惶亂的呼吸，我橫一隻大腿跨在她的瘦臂上，感覺河流靜靜從我腿間出海而去。

靜靜，河流上溯小腹胸口到喉口，瀕死的河流溯經胸腹出腿間。

「贏啦！」白光隨著畢姊衝入來，「師父送我們加幾倍的錢，要我們到遠方去創業。」我要畢姊挪到我睡大字的中間遮住白光。「錢都給妳，」畢姊應了「悲欣交集」那四個大字，「我去跪求師父觀音保佑我還是處女不破的哪——」

「妳去跪求吧，」我睜不開眼睛，「別忘了關門，錢塞在我的嬉皮袋。」畢姊小心起身沒有弄亂我的睡大字。「快——去跪求，有跪三日的，有跪七日的，就有效。不再見了，我睡醒就走我的大道去。」

一位同性戀者的祕密手記

1少年阿恰

幾個蹺家野孩子搞個游擊隊把盜劫官的遊戲玩到街上：少年阿恰瘦細嫩的卻有雙快腿先是把風者再就是搶了跑的突擊者硬角色了。

這少年游擊隊也只挨過一個冬天。初春凌晨，一大票獵狗警棍手電手銃反襲游擊大本營聖賢廟後的防空洞　我幹你祖媽咧哇啊我幹　幹　咒聲混糊著睡意隨即游擊隊員被銬押出洞。

這可是五〇年代頭一個少年集團哪

一講到這，老恰仔癱泡泡的臉猶喜孜孜的啦：

集集集團曉得唬集團。

那法官大人長得蠻高強大漢的色眼溜溜溜下我們臉上臀上同時慢聲細氣喚我們：集團份子〇〇〇集團份子×××

我可是集　集　集團頭子阿恰呢。

黃昏，他向同監房的兄弟介紹自己：〇〇集團的阿恰。是檢屎尿的集子咻？有人哼笑說。另個粗皮的過來擰他的臉嫩的。不是啥麼集仔集的啦他認真校正，那人手背上的烏剛毛扎痛他幼齒齒的

是集集集團　　哪。

當夜矇惺中感覺有什麼東西老頂著他腰臀，後來他肯定有隻手挲他的臀指甲劃痛他屁股溝，晨光中才瞧清楚是個癟老廢的呼吸間逼來一股千年　餿臭，蹦起時他順勢踩對方一腳：你母仔咧　幹

對方齜牙涎臉乾嘿。

官控的罪名比偷竊嚴重得多。那法官大的在「少年的邪惡本質」「游擊技術的分析」「罪

惡集團的可能發展」這些名目上運功夫。多年後，阿恰才恍然悟到這大賊官的根本症頭是：

他色迷我們青春肉體的青春
我們清楚瞧到他包皮皺的喉結顫顫跳著
眼窩下一窪壽斑包皮磨磨漬漬了數十幾多多年那樣的顏色
包皮織的手比著畫著硬要把我們鮮剔透的胸肌擰捏成他尻股溝緣的膚皮一樣韌又銹的
嚼過無數雞鴨魚牛羊豬狗肉的咀巴咂著我們嫩嫩挺的青仔春留下一泡他陳年溲的
我寧可偷偷尿床也不讓那包皮咀的沾一滴我童子尿清香滴滴
最不見羞的才強你喝他老男尿裏不知多少帖十全大補湯混了不知多少厚的酒酸餿的怪味
道

我咬斷他寶貝屌的游擊技術的大分析
他邪惡我們青春肉體的青春
把著你的青仔春沒命搞入他的尻孔同時說媽的你看這是青春的邪惡本質
一切種因於他們色迷兼邪惡你青春的尻孔我甘願千遍百遍狗狗的洞也不屑他們腐敗爛的
所有一切罪惡都出自尻孔　　我們眼瞪著他尻尻癢的官字號大包皮如此總結說
所有一切罪惡來自尻孔的潛在罪惡同時所有一切罪惡集團出自尻孔集團

2 日課

每日至少六隻養顏滷雞屁三杯滋補米酒保力達B。

至少三百下夾縮臀肉三百下逗攪舌尖另三百下挲捏胸肌。

早晚兩回全身潤膚乳液無數回背對鏡子回眸鑑賞自己的胭脂屁。

3 動作

仰躺，膝腿上引，凹落，膝頭著貼腦穴，腰臀內縮壓挜，下顎死命上抬，舌尖凸迸唇外燦顫，可恨舔不到自個的——

歇下嗯呵喘息，頸痠，腦脈筋漲，幾要繃爆。

隔會重來，這回，挪枕頭墊高後腦，棉褥墊高臀腰，奮掙：——舔　著　啦啦啦鹹臊味

更用勁恨不得快快整粒咂入竟　竟　竟微微癱了去離舌尖一分二分手指忙兜上來逗逗逗弄

一滴精尿吊顫顫顫的從屌裂口牽牽牽墜到下巴

4 問路

雨夜，尋入那公園。

鬱蓬蓬灌木叢窩，鼠褐褐建築陰影，濕漉的柏油徑反射水銀燈濛光。

幾個十三四歲少男少女逛過，潑嘩哈的，連矮小個女孩也濃妝指夾菸刁斜眼。

終於，斜對過灌木叢圃中，直直駐個男人，瘦高，黑衣，撐挺挺著褐烏傘，逼望過來

「——這就是了——」心中暗喊，但，腳繼續向前。

5 寂默

你渴想被入到內裏。在寂默的夜，你拿酒瓶嘴子揠在尻口，聳轉著自己，磨弄

6暮色

暮色：陡然渴慾吸吮男人的

7暮晚氣味

暮晚天空的灰浮雕著都市莽林的褐：
男性乳霜的麝香疊上他五十幾多多年的垢酸輻散出一股青春防腐劑的氣味

8又看到

又看到觀察家奇先生。
奇先生在做一種有關動物習性的調查統計工作，透過他珊瑚綠的眼鏡片
今晚我是統計表上的一個數字或數字內的一個：珊瑚中的一隻

9 鼠細爛的

鼠細爛的眼凹瞅緊你的襠凸。
你跨開廁坑上背挨內壁，他膝蓋落在尿污地大腿骨頂著濁斑白瓷坑帽
皺瘡烏的手捧出你的軟玉墜啄啄摸摸上半天老兵撫挲鎗管一般的細氣
直到琢磨成一管紫濕亮的硬玉。
沿褲管源源趴上來穢溲臭。硬玉可不耐久繃。他歪了老臉皮嘻：人哪別怒
怒玉，終於讓到嘴中。攏著的雙手抖癲起來，這癲，延上唇皮，腮肉，整顆頭顱癲晃晃
的了，合著嚨洞噁嗚噁嗚。

10 遲疑

夜。手腿緊纏棉褥，夾綣成個人模，壓擉自己，佯捏被入的，呻：喔呵喔呵喔
眼矇茫中，恍惚一支紫濁濁的　　揠來

瞬間動作緩癱了，遲疑著：要自己……吸吮到男人的……這……自己做得啵……

11現代速食：一種陌生的幸福

燈暗。國歌唱完，坐下的同時那人迅速移到鄰座，落坐同時右肘頂過來，磨著

不甘示弱你左手伸過去在他大腿揉捏了兩下第三下順就延上褲襠揪扯拉鍊

即時他褪開褲鍊拔出怒龜即時你臉埋下去張唇就咂舌尖轉著龜口的同時　痛感到一種

陌生的幸福

12龍香

古龍水的香源源發散自尻孔。他扯下你褻袴的瞬間，你幽幽底說：

「我也擦的古龍水。」

13不可思議的滋味

被入。感到一種無限的幸福

14媒介：收集

「傳播媒介媒介我們給社會，」知識份子呆先生啟示我們，「強把社會媒介給我們。同時，我們向傳播媒介學習媒介的種種機巧。同時，有人向媒介學習成為我們。」

我向媒介收集我們。

收集豐富我們。

收集這個動作滿有意思：我猜有不少人同時在做收集這動作。

收集媒介同時收集我們。

15 中年男人的福音

心情不好的時候也就是哪對人生感到某一種灰心失望的時候，阿恰咬文嚼字的：我用整個生命去渴望歡呼任何一個男人的那個個蓬勃生命要我跪下來迎接我也願意齋戒沐浴我犧牲奉獻全身任何一個個孔讓他進入

16 青春小公雞

每次我見我老爸做工回來累成那樣我老媽叼著舌頭半天又不讓他痛快我就有一股原始的衝動真想跪上去含住我老爸的　叫他不後悔生了我這王八龜兒子

17 我平生最得意的動作

瞬間出手摘下厝簷下晾竿上那件男人三角褲即時塞入自己內褲底窩著，一團。小　甜笑

說：後來駐著遙望河上初夜燈色，感到內底一陣陣的搐，疼

18收集到細工師傅老阿舍

收集到老阿舍的後三天，我當真在夢的咖啡見到如假包換老阿舍。在夢的老座位上，啜他的陳年夢咖啡。後來才曉得居家或辦公他喝陳年靈仔芝。讓人驚羨：他老一個白鷺皙的嫩屁。我入他老阿舍的得意尻尻底說，「唷，這是阮當年天生貴族的顏色——」

如今的人只是粗。

阿舍仔手細細挲呀揉呀時，我不得不嘆讚：這真真是個粗質的時代，幾年難碰到這般纖呀細

我愛死啦細工師傅他老阿舍讓人家開啦眼界不需任何潤滑媒介。

收集媒介不如收集他老舍這念頭瞬間閃過：同時穿透夢的櫥窗，我看到阿舍在街角烤攤一口氣買了五串共二十五隻養尻嫩雞屁

19人類叛徒

「人類必要反對你，」知識份子呆先生斜起裸肩睨著你：
你的性行滅絕人類

20之所以

最大的絕望莫如精子‖生命爆在你的尻裏知識份子呆先生的智慧名言：
之所以他們咒詛你實在因為你是對人類的天譴
是他們之中的最大反叛。

21孝道

無能抵抗不死的亡母進入我的血液。

我替伊補贖終身死守一個男人的遺憾
伊的淫呻源源自我的喉嚨：
這是做兒子的所能盡的最大的孝

22 窩心

成天想著男人玩弄你的屁股直到地滅天誅：

23 毛草

暴亂中的藝術家不忘形容「亂暴中的毛草」：
蓬雲隨後泥沼。聲聲慢

24 宿命

從女人的胯下到男人的胯下：
解放同時開始另一套制約
宿命。

25 阿舍名言

那張清純派的嘴唇脫口秀：同性戀——髒。
關掉螢幕，暗冥中你默默咀嚼著阿舍的名言：
「放屎的所在，比呷飯的所在，美多多的是！」

26 招生簡章

「龍個圓月會費一〇〇一元新人八折八〇八元
一次繳清年會費優待一〇〇〇一元新人八折八〇〇八元
每月初一繳費請準時繳到龍個圓」

27 龍個圓

龍個圓來跟我來大家來龍個圓
龍個圓來跟我來大家來龍個圓
龍個圓來跟我來大家來龍個圓

龍個圓是我們一〇〇一的發明家：「龍個圓」是龍個圓的註冊專利。
他是第一個打破兩人配對的傳統，發展到現代化群體組合的先覺者龍個圓。
他創新組合各種可能的變形，他的理想是把全世界的男人組合入他的圓內
一個他爸爸的巨無霸的大的　圓
這個大圓內有百千樣按龍的玩意，精心設計花盡男人的精力，男人可以死心塌地
爸爸的大的　圓。

「龍個圓！來，跟我來，」龍個圓如此吆來吆去，還即刻蹦到新面孔前，「龍個圓！來，跟我來，大家來龍個圓——」

龍個圓最夙夜匪懈龍個圓是從了：他是我平生所僅見最偉大的發明家兼宣傳家，誠如他所說，他的發明活動無庸置疑的是一種極有裨益於國家社會群體乃至個人的活動，職是之故也乎斯基，他龍個圓可謂亦是個社會慈善阿家。

我慎重考慮加入龍個圓的大圓：這將是我個人的一小步，群體的一大步。但曾經入去又出來的阿恰說，「——入他爸爸的。龍個屁！」

我校正：「龍個圓。」

阿恰哼：「龍個屁。」

龍個屁來跟我來大家來龍個屁
龍個屁來跟我來大家來龍個屁
龍個屁來跟我來大家來龍個屁

28 燒辣

嚴寒夜半。
高粱酒瓶嘴在尻口燒　辣

29 反叛

同性戀是改造自我的手段掙脫出既定的倫理從女人的胯下解放然後是一種新生然後可以沉靜。
但在他撕揪的激烈中，我感覺：新生七年後，同性戀在他，仍是一種報復性的反叛，仍在反叛中，仍時時記掛著反叛的對象，仍在他的血肉中暗恣著那既定的倫理

似乎把我當作那倫理的化身。他猛惡戳攪中的那張臉，似乎就是那倫理的化身

其中沒有沉靜

30 驚識藝術家D

他藝術到連尻孔也發著藝術的氣味。

「好比青蚵漬豆豉——」

阿恰這般形容藝術的氣味。

31 祕密

肉體的實際是：

原來男人被入屁股可以爽到洩精

肛門口筋亂地抽顫。

（食，中，無名指並在一起便可達到）

32眼神

沒有陌生人像我們這樣偶逢在暗夜的青冥中在戲院的燈昏下悶燒的眼眶淫淫著宇宙星河
難以言說的鬱汁

33阿舍格言

平生我最恨男妓不接男客永遠是不夠格的男妓。

34模冇骨仙有幸摸到

摸冇骨仙這回有幸摸到條子的　。
怨嘆尻尻的他摸冇骨仔仙：

那條子哩不是人入的，拿寶貝他爸爸的作誘餌入人罪，這哪可以真讓人傷心無目屎。

打賭再來一次你就不吭氣啦哈被捉摸出味道來啦　不一樣就是不一樣千百倍你太太的小

手

我讓你入的哇關我三天還讓我獨門獨院　女人不宜男人更不宜

對門漲潮時總計有十一人之多，第十一人的肉幾幾要滿過鐵柵子縫來，讓人呢聞到皮肉戛戛磨廝著鐵條的香蕉味。其中有個哇筋骨蠻勁的，眉來眼去我跟他兩天兩夜幾幾洩出水來。

第三天午飯後，不期爸爸的趕來兩尾專家。第一尾自介是心理科學專門家擬來研究本仙人的心理發電史，第二尾自介是啥變態的科學專門家擬他爸爸的要研阿究本仙人的啥的個變態展發仔史

總之兩隻嘴舌共一句話要討教我的摸冇骨術就是啦。

我是萬分樂意露一手讓專家這兩尾的樂得死去兼活來，不過對門冤家的那要命的辣辣火的我暈死在其內裏早已有×次之多的目睛緊緊的瞅過來我哇得分秒緊緊的瞅過去

何況哩科學專家這兩位的骨相不棒，不棒就是不棒本仙人一瞄便知。

抱歉抱歉專家先生，因此摸冇骨仔說此地不便深談請另擇地指教：如此他把專家兩位報

到一〇〇一

科學研究專家不日就到不時就到。

我們齊聲幹：爸爸的你摸冇骨仔仙入。

35我是肌肉

我們圍著肌肉先生睇著肌肉先生的肌肉漸漸我們漬入肌肉

這是對待肌肉的純粹方式只有我們能夠。他們不論男人或女人他們把肌肉當作人骨架子的裝飾，裝飾性的目的僅僅作為性的誘餌可悲也矣哉：這是知識份子呆先生關於肌肉這個論題上的智慧名言　肌肉在我們身上初度得到集團的解放

肌肉史上的大事

嗚炮

我們是肌肉族是我們萬歲肌肉獨立自由萬歲

嗚炮。

肌肉先生是族中的社會菁英，我是敲邊鼓的小腳。自小娘常笑我這雙鳥肢樣的小腳，我童年以來的羞愧女孩子一樣的　　。

顫　危　危一隻疙瘩皺的手伸過去挲　挲　挲肌肉先生的胸肌：觸著的那刻老阿舍說可以感受一種純粹的青春從指尖電流到小腹

今晚在化妝間肌肉先生要我摸摸他的小腹，昏燈下肌肉小腹是凍的乳酪：他慣愛在化妝間理容顏整褲帶同時就是小型祕密肌肉展示會了同時可以看到我們進進出出展示間

有回肌肉先生入阿舍的老咀巴　尿　被阿恰恰恰窺到是透明淅淅的青春童子尿，電流一般的顏色

老阿舍的回春祕訣之一

之三或之四就是我說不定我是之十三或之十四

我替我的青春未來擔憂：受夠了瘦雞肉他阿舍的鼠老肉　　我的青春未來

痛下決心亡肌補肉時猶未晚也矣哉知識份子呆先生的智慧名言

我要成為肌肉我將是肌肉手捺著肌肉先生的小腹我鄭重宣誓：我是未來的肌肉先生

嗚炮

我是肌肉。

少年十五六時我非肌肉少年　壓身上可憐的唯一肌肉在腳踏車座墊書桌角榻榻米地板上轉輾輾轉我少年時代的唯一快樂：隨後洩洩洩得巴巴的瘦，倒是那肌肉磨輾成唯一真正棒的肌肉可惜無人見識到

不能展示的少年時代暗夜透氣窗玻璃的那種毛灰色　我的青春過去

他爸爸的也矣哉。

今夜是決定性的一夜咦呵男神肌肉先生　入　我的祕密所在料不到在這神聖的時刻阿恰這個窺祕精我的小屁屁蟲及時哼：嗤嗚男屎肌肉仔生

男神肌肉先生。

男屎肌肉先生。

阿恰是嫉妒：可以嗅到一股妒餿源源自他的滋滋肥的

男人的妒餿讓我酸酸酸到尻骨。

一睨到肌肉我就尻尻尻骨發酸。

肌肉是神的乳酪。

今晚我是神的犧牲。阿恰是犧牲的代用品，我死勁摹想我的祕密我的神每一分每一寸直到頂上那塊硬毛灰每一寸每一分變成溶的酪

36 初叩

不期專家兩位今夜到。亂陣中，我們倉惶推出知識份子呆先生知客接引

呆先生順手甩出一張免戰牌：面色慘白專家兩位懇求再三面色慘白呆先生不動再三面色慘白專家兩位誠惶誠恐之後剎那呆先生慈悲大發一念之仁看在知識老公的份上答應給對方一線生機

緊

緊急會議臨時我們決議：謹守不妥協不鼓勵不逃避三原則另擇日期擴大舉行集體應戰

紅光滿面呆先生知客送客：紅光滿面專家兩位歡天喜地而去。

37 偈

不堪承受

我：

都市的水龍頭

38 叢林男人

每每路過叢林
叢林在燈暈暗影中召喚
叢林葉隙間隱閃著眼睛
男人在叢林中變形
一種非男非女是男是女的獸人
我愛叢林男人
會不會你天生是「女男」的種
男人在叢林中讓我興奮我尻骨冒汗
他是叢林男人有一張漂的愛死ａｓｓ
他愛死了我讓他愛死

男人的愛死是宇宙的恩賜：叢林男人是地球的恩寵
我最愛他擺愛死向著我：我心跳如他的那兩粒吊擺
他讓我死掉同時我讓他死掉
他說他跟定我的愛死到天涯海角
沒有人可以愛死我除了你
我心跳吊擺捶打我的喉口
愛死沒有他問我說快了再上點勁　快了
愛死沒有我問他說快了再上點勁　快了

爆　愛死是宇宙的權衡

39這就是為什麼

男人吸菸如吸屌。老舍如是品評阿恰：
這就是為什麼有的男人時時不忘叼著菸

40受苦的人有福了

他們把菸栽入我的後庭。
媽的你的上帝若是存在菸盡前媽的必來現身解救你脫離這菸炙的苦海
他們拎著鑰匙串在你肉臀上打著節拍強你合著拍子一縮一放
我的一縮一放是上帝的一呼一吸他們把菸栽在上帝的後庭

41極愛

極愛這偷來的男人三角袴
翻過內面，嗅他吻他，襠凸處一種羼鮮味
自入，讓他罩在臉上，羼凸對著鼻唇
睡時，貼他在枕上熨著
隔晨張他在衣架上，隆凸，出入不時斜過臉去嗅他吻他磨他

穿著這條偷來的男人三角袴
出去偷男人也讓別的男人偷

42但願停留在

酒瓶時期，你對同性戀滿懷憧憬，你相信那是讓此生值回票價的永恆滋味：現在，你皮軟的感到，同性戀如同俗世一般雜沓，你糟蹋了太多的精力通人際的溝溝，無神感受同性戀本身的

你懷念酒瓶頸子的滋味。但願停留在酒瓶時期

43又做這種鳥夢

獄牆鐵板門巡兵

獄內小教堂昏栗色氛圍頭排長凳角落夢我同某中年犯人挨坐一起
聽到夢我怯怯詢及同性媾交易

又做這種鳥夢。

他爸爸的

44 如是修行

晚禱時，你唸：
「我在同性戀之道中修行
一身體現陰陽和合之境
泯滅所有的二分：
以此迴向一切有情眾生。」

45 澆花

他們在夢我的屁股上栽花
清楚聽到澆花的水瀝聲
原來是樓上XL先生對著破曉的鼠天　尿

46 夢象

廟埕小吃食攤地攤雜耍偌多人傴腰攏成個圈圍觀著什麼
夢我踅近也傴腰
原來地上對坐兩個男的光頭白蒼蒼那個撩掀衣衫下襬蹺拱腿凸露尻孔　等待長髮烏痲痲
那個把屌對準

臉窩在枕頭磨了半天，就是想不出這個烏麻長的是誰。
光頭蒼的那個是誰我知道

47 一行書（果子和尚有一行書）

隔山打屁弄得很響肉臀阿恰

48 意象

暮春，我看見一隻呂宋蕉風在族長黃昏的嚨洞裏。
秋末，椿滿紫洌的台灣連翹
空氣是一種乾濕的腐鮮

49人生不如一注的

智慧經由呆先生的　注入阿恰的　的剎那阿恰射出如下的名言：
「人生不如一注的呆先生。」

50體驗自身

釋出你自身內裹的女人
讓你在與男人無數交媾中
體驗：自身
那位來自無始永恆的女人

51 對話：慾望屁股

這是不可能的做不到
沒有什麼是不可能的。來，塞塞看
做不到的就是不可能的
好。我問你聽著仔細——難道你的屁股沒有慾望嗎
慾望屁股？我想想看
從出生到現在
從出生到現在我的屁股有——過——慾——望——嗎
一定有。百分之八十三點三的男人有
有慾望屁股？你敢肯定
誰敢肯定。統計學上這麼說的
既是統計專家統計的結果說的那就大概可以肯定了
肯定個啥

我肯定我的屁股有慾望。原來我天生有個慾望的屁股
好！老天難得開竅啦。來，塞塞看
塞塞看
人生就是這樣塞塞看塞塞看
痛死我也啦哎　呀　唷
太過分了吧？天生的事不可能那麼痛
痛該痛的不然怎值得說是人生第一次
現在覺得如何
還可以
不錯。人生就是這樣還可以還可以

52出師

短者兩三個月長則兩三年，從任何可能的道具棒到誰的寶貝肉棒的歷程好比學徒到出師的過程　出師之後方知真實受用無窮一輩子

53絕處逢生

恍惚我走到世界盡頭在那兒同性戀等著我：

54同性相斥

造成吾們當代藝術文化界最大遺憾之一的，小說家P同導演T終於不能合作的最大原因之一的，是乃因為　知識份子呆先生的智慧名言：同是等待人家來愛的屁股　這是沒有辦法的事

55票友先生

「我是票友。」

深藍西裝暗紅領帶頂著禿頭灰髮匝。剝下西服，胭脂色胸罩雪地滾花邊三角袴

他暱愛被腿下三角袴綣過腿彎的那種感覺。最好是小袴一邊還掛在腿肚上
勾著頭看被聳晃得那樣不堪的小袴綣：
「我愛人家玩票。」

56對話：有關小O的Q功

小O的Q功是一流的，我承認
豈止一流！是世界級的小O的Q功
真的，嘗過小O的Q功才算是曾經滄海
我替那些老是只能淌水的人遺憾
我有一股衝動，真想為小O的Q功打廣告，告訴人人讓人人知道世上真有這樣美妙的東
西小O的Q功
我替你介紹意識形態公司藝術工作坊設計廣告
還計畫發行T恤和貼紙，正中就印一個O
我建議印Q：Q中有O，而且我們重點強調Q

本人虛心哪接受你寶貝的意見。O者人人有，要能Q可不是簡單的
你得防有流彈攻擊
怕啥？生意場上射來射去的什麼鳥彈沒見過，能耐能挨就不怕
最大的一彈可能命中小O的要害：說他全不識人間疾苦，光會Q功
啥麼屄的話嘛！Q功可是人人能修的嘛？凡人都知聖人才能出凡入聖，小O可說是入聖的了，哪裏是我們凡人隨便可以批的呢——被小O拔過苦救過騷的人應該義不容辭挺出來說話
拔苦救騷一小O
小O是肉身菩薩復活基督
唷呵這是滿棒的廣告詞
是棒。一黏上小O的Q功我靈感就源源不斷——廣告若作不成，我準備將來替小O立傳
也不枉費了小OQ功一世
到時候我請你寫序
不敢。先謝了
可惜小O現不在這，不然二缺一再來一個三缺一再來一個小O也綽綽有餘

別——再說下去我全身發緊發酸嘍

酸得緊？來，我幫你治治

好久沒沾小O了

小O忙得緊：水深火熱之中苦騷的同胞多的是等待小O去解救

咦 哎

這一招是跟小O偷學的。嘻

唷 哦

——要Q嘍——

哎唷OQandQO我真正會死掉

57 K金生意經

男人是我精力的來源，老K開始他的企業講座：如果我跟女人做生意，我是在施，實際上說就是在消耗我寶貝的精力，實在有礙我在生意場上橫衝直撞，好在三十而立那年我就覺悟到這個，我有雄心幹勁要在我們營養失調的企業界開拓出一番新的規格新的一番境界，所以必要戒掉女人——當然我是費了差不多九隻牛的力氣才戒掉的，幸運的是實際上我當時發現了男人，馬上我發揮我企業上的長才轉而投資男人，跟男人做生意不一樣就是不一樣，雖然有施有受但受的多得多，可說是屬高所得的投資報酬率，實在今天可以證明我當年的投資完全正確，所以我的忠告是，要維持生意場上的精力不必天天慢跑五千或一萬，我親眼看見有個企業家名人傻到雨天也撐著烏傘跑，——男人，我特別推薦給各位：男人！只要不斷的跟一個另一個男人做生意！不瞞各位，男人是我「永恆」活力的來源。

58 丁博士的證言

我太愛我的妻，丁博士的血淚證言：我的愛妻背著我偷過多少男人，多年來，星期三午後三點到五點我教社會學的時候，直到有個星期三學生臨時愛國遊行去，我回家妻不在，屋內留有伊平時不抹的巴黎香水味，有個電話來，電話男人說我再不放我妻去他的那個寶貝蛋就要繃爆啦他求我讓我妻快快去他正當緊要關頭實在不能沒有妻的㲨，我當下昏了頭男人說他起碼需要你妻的小嘴巴，馬上我掉頭出門茫逛到黃昏回家，晚飯時我低頭扒飯挾菜我不敢看妻那恍惚濕了腫的小嘴巴，當夜我三度趴上妻三度癱軟著退下來啥也沒幹，妻安慰我說是教書教得太累囉不要緊伊也不想要，我說我愛死了妳隨即縮下頭去拼死舐她鑽她吮她內裏別男人留下的，精液，之後每星期三夜晚我玩這一套舐她　鑽她　吮她男人留下的——上了癮，覺得這樣不夠癮，我開始自己找男人，我背著愛妻偷過多少男人，我把社會學調到早上每星期三午後三點到五點，我化身我的妻，因為我實在太愛我的妻。

59愛死照在牆壁

最無人道的無過於他們把愛死的照片公開示給人看，阿恰有恨：路過衛生所牆壁的凡人哪裏能了解愛死不是凡人能了解的？凡人的眼睛哪夠資格讓他看見我們精心的愛孕育出來的愛死？

摸冇骨仙一面自摸一面讚：恰兄現在自摸出來的語言進步多多。

凡人的眼睛，屎糊的　藝術家D俯著眼簾：愛死只值得處男天使的眼睛

非常人的愛成就非常人的愛死這就值得非常人的愛知識份子呆先生的智慧名言

60大無畏

老男的精子無損我小公雞的光彩：我公雞嫩的精子叫他老一路青春光彩到棺。

你屁呢　小O哼：人家誰捨得你公雞大哥大的入棺去入了棺的誰不隨時讓你公雞叫活來

61愛死第187號

不禁我用悲憫的眼光看我的父老兄弟姊妹們害怕看我的眼光彷彿我是A星來投胎的從來他們沒想到是他們餵我地球的奶餵大我的不管屁臭屁香總歸是地球的屁怎麼好像只有他們的是地屁我的如今就是A屁難道我是天狗來偷生的天生不一樣真是天理地義何在這一切不都是你們教給我的嗎怎麼好像我是闢天開地第一人是我原創A屁的嗎是我引進DS的嗎凡人各自摸自己的屁看凡人都是有屁的凡人都要有屁的良心呀屁事無非人事人事就有它的社會責任不是嗎怎能全怪到我屁頭上來呢又不是我發明人這種東西的現在人這種東西有了不治的毛病就該找原來製他的人問說你啊既然造了人那種萬物的靈的東西為啥又要給他這種不治之屁呢如

果他答說這整個宇宙人生只是一局遊戲ＡＳ不過是其中一種戲碼罷啦哈那你當下就拿這碼子
塞到他屁裏去如果他說沒有什麼是不治的時間問題罷了那我這屁當下也就認了我甘願我屁奉
獻給偉大的時間先生在時間先生的胯下我們一根屁毛不如何能想望他大先生的大大呢不禁我
用悲憫的眼光看我親愛的父老兄弟姊妹們害怕看我的眼光統統是無緣見到永恆的時間之屁的
那即使讓你活到１０１０１年還不是白花　　不禁我用悲的憫的眼光看我的父老兄弟姊妹們
害怕看我的眼光

62肉桂

男人的臀有一種肉桂香。

阿舍在臨終的病榻上感到：

63感謝AIDS

感謝ＡＩＤＳ知識份子呆先生的智慧名言　ＡＩＤＳ炒熱了我們

ＡＩＤＳ：我心愛的　阿舍格言我哪不愧是ＡＩＤＳ的選民

ＡＩＤＳ這小子哪天讓我碰上，阿恰恨得癢癢的：我讓他百遍千遍也不厭倦

摸冇骨仙：我Ａ他Ｓ他個千遍百遍也是不厭倦

青春小公雞敬告各位：誰不道德把Ａ哥給了誰我就爛了你誰的

您老別害怕肌肉先生展凸他的胸肌　肌肉我是ＡＩＤＳ這位老先生的天敵

龍個圓來管他啥ＩＡＤＳＤＩＡＳ來大家來龍個圓

爸爸的他ＡＩＤＳ。入

64 鎗管先生在1001我族俱樂部

有個男人，被發現自殺：鎗管入在尻口，子彈——

怎會從來沒有想到鎗管子這東西，阿舍感嘆真是辜負了我阿舍一生一世：多謝這位鎗管先生的啟示

此之謂管不得伸的非人道痛苦唯有我們能夠設身處屁知識份子呆先生的智慧名言　可謂

之烈士乎了這個人

讓我們默哀四分鐘請各位哀思同時想像：子彈衝衝衝刺同性戀之道的那種不可告人的歡欣與痛楚　藝術家D凝神閉目　瞧！這個人！最激情最道地的同性戀人！

我是可以感受到一種死亡加新生的一種悲欣兼交集的一種綜合氣味，阿恰躺成和尚的吉祥臥左手玩著青春小公雞：死！就要像這樣爽的死！小公雞咯咯咯笑阿恰他

因為死亡此一事件的特性乃在於他只能發生一次，丁博士補充說明，根據學者專家研究，如此這般的死亡形式可算是前無古人就我本人的學術研究範圍內也乃是頭一次耳聞看到至於是不是後無來者也夫則依定性模仿理論判斷他可就不那麼一定囉哦。

鎗管有啥了不起？肌肉先生不服氣：鋼管我都吞下去——

模冇骨仙：有回我摸一支鋼管不是鐵做的也不是肉做的直捉摸到最後才悟到原來是塑膠皮做的管，打氣充的。

塑膠啲有啥神奇。小O滴滴嬌的。玻璃纖維的才罕呢。玻璃彩繪是我最近的最愛

我送你一支彩繪玻璃K金鎗管。企業家K金窩向小O去

彩繪K金先拿我審看族長截斷去路，小O顫開一朵OK綁的笑　族長中指磨著笑O　呵

我聖職聖水可不是K你鈔票買得到的呵

我簽支票！不用現鈔。K金企業家展露他的企業風範：我不二日前剛用支票簽了一支鎗管以便用來保護我們的企業。

真正鎗管咻噹?!小O上半歪向K金，下半牢牢留給族長

摸冇骨仙：本仙人摸摸看就知是不是真實鎗做的，或者是紙鈔糊的

紙鈔糊的？這稀奇我生來還沒有過紙鈔入哩的　肌肉先生無限嚮往。

紙鈔糊的藝術稱不上藝術最多只能稱作紙鈔藝術，D藝術家斜睨著肌肉他

紙鈔容易造成污染，丁博士考究尻尻：過去似乎也無人用過紙鈔哩的所以也無污染紙鈔的實例典範可查循之總而言之總結來說紙鈔污染了你此即存在有某一種瞬間的同時性一言以屁之同步性的別人也就無辜要受你的第二手污染乎了啦。

青春不怕污染　公雞宣言：真正青春就不怕污染

阿恰毜毜毜地：我可以感受到某一種青春污染了我的氣息是那麼樣的青春氣息

青春！藝術男神！藝術家D睜目喊：男神藝術家青春

唯有死於青春鎗管的人才稱得上藝術家青春的名　知識份子呆先生的智慧名言。

阿舍正色向K金：今晚借我你的鎗管好吧吔嘛

鎗管先生的告別式。

藝術家D哭得最傷心，其次是阿舍

65公雞宣言

第一則我聲明我是個同性戀者如假包換我願意再三大聲說同性戀者我就是

第二則我立志成就一個偉大的同性戀者發揚光大同性戀我族的事業人生

第三則我發誓我永遠是個同性戀者永不退縮如有縮退願受宇宙人間最嚴厲的制裁

此誓

同性戀族紀元第01010１年

66族長訓話摘要

其一　發揚光大我族的事業人生乃就是繼起我族先聖先賢舊有的偉大的人生事業開創我族

當代同人永遠新鮮的事業人生

其二族長當然可以票選不過族長的榮耀權柄來自同性戀上帝不是票選制可以扳倒的
其三為了我族的存亡絕續同人各位必要戒具謹慎戒具當然以保險套之為最佳俗語說色字
臀上一把刀不要動不動就動刀那就哪怕他ＡＩ先生怎樣ＤＳ　必要時用口就好
其四族長我不是白吃各位飯的請看我天天夙夜匪懈同性戀是從矢勤矢勇必性必忠

阿恰贊：族長的屁真是鬱金香的族長的屁

67 秀

終於，你吞吐著配舞者的
終於，有個客人興起了，一邊踱過來邊將五百元鈔票捲上中指。舞者蟒過你的臀後。
錢的指頭挲著你的唇，直到你用唇皮夾走鈔票同時一隻不知姓啥麼的獸莽撞入你的

68 一入秋

秋深橄欖落葉的紅熬汁加冰糖喝可以消屁股肝斑。

這就是為什麼：一入秋就有多少男人仰望老舍厝牆邊那棵參天大的百年橄欖

69 跟斗翻

正午，一隻野鳥機車撞到正在思想著當前社會問題的丁博士，正當他屁股著地的剎那丁博士本能地一翻跟斗讓小腹著地

跟在屁後不遠的知識份子呆先生趕兩步上去，撿起跌得老遠的博凸眼鏡當場向現場人士推崇不絕口：不得了哩你丁博士博學不負您這種堅執永恆不可破相的屁股精神——

當晚在１００１，好幾人勤練著跟斗翻。最神的是小公雞不管正翻反翻正反一齊翻都著地不到屁股毛

70 殉死

在蒸氣霧漫中，阿恰肩肌挨著你的小肚悄悄說：

「現今，我是行屍走肉的了……」

自從告別式那一天，他就決心殉死鎗管先生，殉期訂在某年某月的某一天。在死期到臨前，唯一他阿恰可做的便是默默四處鼓吹更多男人加入我們同人，「讓這殉死的個人動作成就一個社會事件。」那麼，鎗管先生的死就值得阿恰的生了。

71 蘭香

我碰見小O蛇在寒流初到的午夜街頭，紅腫的眼皮美如養在深山的罌粟花片。原來，不是人做的肌肉先生在將不到十分鐘內連要了他六次正當他哀求好心的肌肉哥哥再給他致命的一擊的那當屁一隻比肌肉先生更其肌肉的大肌先生闖了入來椿滿刺毛的大肌肌手抓起，不，掐起他O的小屁兩指甩出床外飛到門口的仙人掌呆盆栽——。扶著小O回到我臨河的閣樓，我在唇上塗滿永不變心的軟膏，一分一寸印入小O發著蘭香的嫩肌，在永恆的蠶嘴樣的潮水聲中，終於小O幽幽說：他願意原諒這不是人做的宇宙

72道德塗說

「禁止肛交的唯一妙方是：在每個可能的肛口塗辣椒粉。」

73阿舍臨終感言

阿舍臨終感言：

「數不清陌生男人在我屁股烙印。

這是我一生唯一的驕傲」

而你預寫下你的臨終之偈：

來去如夢的

月光屁股

後記

這本書是我一九八一～一九九〇在淡水時期寫的不完整之作，其中〈往事〉寫於一九七九年，是更早在淡水作品。

之於那十年在淡水的閉居生活，我有這麼一句話寫在〈悲傷〉：孤獨並生愛神與邪魔。這些作品，大約是邪魔的產物，都有愛神的質地。

我有個抽屜，藏著我過去的淡水，若非某個機緣，我本無意打開那個甜蜜復憂傷的過去。海是在孤寂歲月中不斷凝視的自淡水、三芝到老梅的海。我心靈深處有一個所在，永遠十七歲。

麥田新版後記

重新整理《十七歲之海》，增添〈姊姊〉、〈午休〉同是八〇年代未發表實驗之作，〈漂女〉寫於一九九六年是九〇年後唯一凸顯實驗形式的作品。

重校一九七九年的〈往事〉，難免疙瘩，政治社會意識直接呈顯在對話中，顯然其餘的鋪陳只為這「時代批判意識」而服務。反省這般作品，感想有二：每個當代都有其「意識強勢」，另外，作者無能逃離當時代的氛圍。其時，我二十八歲，就讀台北某研究所，居住淡水小鎮，處在「黨外運動」的暴風圈中。

十年淡水八〇年代實驗文學的各種可能形式，全未發表，如今殘稿雜亂，勉強整理出來的也僅這些。不過，實驗精神與手法，持續存活九〇年代迄今的長、中篇小說的細節裏。

國家圖書館出版品預行編目資料

十七歲之海／舞鶴著．--初版．--臺北市：
麥田出版：城邦文化發行，2002〔民91〕
面；　公分．--（舞鶴作品集；3）

ISBN 986-7895-57-6（平裝）

857.63　　91010853

廣　告　回　郵
北區郵政管理局登記證
北台字第 10158 號
免　貼　郵　票

城邦文化事業(股)公司
100 台北市信義路二段213號11樓

請沿虛線摺下裝訂，謝謝！

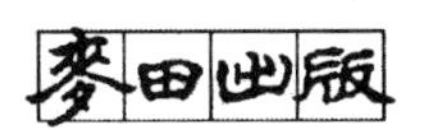

文學・歷史・人文・軍事・生活

編號：RL8903　　書名：十七歲之海

讀者回函卡

謝謝您購買我們出版的書。請將讀者回函卡填好寄回，我們將不定期寄上城邦集團最新的出版資訊。

姓名：＿＿＿＿＿＿＿＿ 電子信箱：＿＿＿＿＿＿

聯絡地址：☐ ☐ ☐ ＿＿＿＿＿＿＿＿＿＿＿＿

＿＿＿＿＿＿＿＿＿＿＿＿＿＿＿＿＿＿＿＿＿

電話：(公) ＿＿＿＿＿＿＿＿ (宅) ＿＿＿＿＿＿＿＿

身分證字號：＿＿＿＿＿＿＿＿＿＿ (此即您的讀者編號)

生日：＿＿年＿＿月＿＿日　性別：☐ 男　☐ 女

職業：☐ 軍警　☐公教　☐ 學生 ☐ 傳播業
☐ 製造業 ☐ 金融業 ☐ 資訊業 ☐ 銷售業
☐ 其他 ＿＿＿＿＿＿

教育程度：☐ 碩士及以上　☐大學　☐專科　☐ 高中
☐ 國中及以下

購買方式：☐ 書店　☐ 郵購　☐ 其他 ＿＿＿＿＿＿＿

喜歡閱讀的種類：☐ 文學　☐ 商業　☐ 軍事　☐ 歷史
☐ 旅遊　☐ 藝術　☐ 科學　☐ 推理　☐ 傳記
☐ 生活、勵志　☐ 教育、心理
☐ 其他 ＿＿＿＿＿

您從何處得知本書的消息？（可複選）
☐ 書店　☐ 報章雜誌　☐ 廣播　☐ 電視
☐ 書訊　☐ 親友　☐ 其他 ＿＿＿＿＿＿＿

本書優點：☐ 內容符合期待　☐ 文筆流暢　☐ 具實用性
（可複選）☐ 版面、圖片、字體安排適當　☐ 其他 ＿＿＿＿

本書缺點：☐ 內容不符合期待　☐ 文筆欠佳　☐ 內容平平
(可複選)　☐ 觀念保守　☐ 版面、圖片、字體安排不易閱讀
☐ 價格偏高　☐ 其他 ＿＿＿＿＿

您對我們的建議：

＿＿＿＿＿＿＿＿＿＿＿＿＿＿＿＿＿＿＿＿＿